子ども、本、祈り

斎藤惇夫◉著

教文館

はじめに

子どもはおとなの父
ワーズワース

子どもたちよ、子ども時代をしっかりとたのしんでください。おとなになってから、老人になってから、あなたを支えてくれるのは子ども時代の「あなた」です。

石井桃子

この宇宙の中に子どもたちがいる。これは誰でも知っている。しかし、ひとりひとりの子どもの中に宇宙があることを、誰もが知っているだろうか。

河合隼雄

この三人の方々の言葉は、いつも気になってはいたのですが、しかし、編集者生活が長かったせいか、どうやら私は、活字、主に物語を通して子どもたちを見ることに慣れ切ってしまっていたようです。とりわけ幼年時代は、振り返って自分の記憶をたどろうにも、遊ぶことに精一杯だったのでしょう、幼い頃一体何を感じ、何を思っていたのかほとんど覚えていない、というのが正直なところでした。目の前にいる幼い子どもたちの心の中をのぞくことなど、ほとんど不可能なことだったのです。

そんな私が、児童書の編集者、そして子どもの本の作家を経て、いまキリスト教の幼稚園の園長をしています。五年目になります。日々子どもたちと遊び、会話を交わし、絵本を読んでやっているうちに、濃い霧に覆われていた私の幼年時代が、ようやく少しずつ見えはじめ、戻ってきたような感じがしてなりません。

本書は、この四年半の間に、幼稚園の子どもたちが私に見せてくれた驚きに満ちた世界に──いかにそれが保育者にとっては見慣れた世界であるにしても──、うろたえながらも、おずおずと近づいていこうとする己が姿を書き記した文章と、それまで私が向き合ってきた「子ども」と「本」と「祈り」、この三本の柱についておりふし書いてきたものを、一書にまとめたものです。

ワーズワースと石井桃子さん、河合隼雄さんの言葉に向かっての、遥かな旅の一里塚と思っていただけたら幸せです。

目次

目　次

目　次

表紙画・挿画　出久根　育
装　　幀　　　熊谷　博人

Ⅰ　子どもたちの息吹に触れながら

ある日突然、園長に

主よ、また頭から砂をかけられてしまいました。まだ逆上がりのできない年長組のO君が、懸命(けんめい)に鉄棒にぶらさがるのを見ていたのがいけなかったのです。一瞬の隙(すき)をねらって、年中組のTちゃんがうしろから近づき、庭遊び用のプラスチックのシャベルにたっぷり砂を盛って、私の頭にふりかけたのです。

「頭にはかけるなと言っただろ！」と追いかけたのですが、もう間に合いません。彼は軽やかに走り、すべり台の土台のかげに隠れて、ここまでおいでと笑顔を浮かべています。その笑顔さえなかったならば、どんなことがあっても捕まえて、お尻を二、三発やりたいところなのですが、こちらもつられて笑ってしまうのがいつものことなのです。文字通り天使の笑いなのです。とてもかないません。

それにしても、主よ、私は夕方から、練馬区の保育者たちの研修会で絵本について話さなくてはならないのです。この砂だらけの頭で、研修会に行かなくてはならないというのでしょうか……！

喜寿を前にして幼稚園の園長に任ぜられた。ヒョウタンから駒である。教師経験のない者は園長になれない（ならなくても済む）と思っていたのが、そもそもつまずきのもとであった。「惇夫さん、園長やってよ」という理事長の言葉に、「いいですよ」と軽々しく答えたのがいけなかった。理事長はすぐに手を回し、編集者の頃、白百合女子大学や東洋大学で数年教えていた非常勤講師の経験も、教師とみなすよう市に働きかけたらしい。二〇一七年の四月から、さいたま市にある、私の所属している日本聖公会の浦和諸聖徒教会を母体とした幼稚園の園長になってしまった。理事長は広田勝一司祭。北関東教区の主教でもある。さいたま市から園長の認可が下りた日、「では惇夫さんよろしく」。それだけである。

前園長が、丁寧なメモを渡してくれながら、園長の仕事の内容と心得（こころえ）を教えてくださったのだが、全く頭に入らない。そりゃあそうだろう。前園長は高校の校長まで務めた、れっきとした教師である。こちらは、大学で児童文学を講じた経験があるくらいで、幼稚園についても、はるか昔、息子が園に通っていた頃の記憶が少し、そして時々園の研修会で子どもの本について話す時の、先生や保護者の表情を覚えているくらいなのである。要するに何も知らない。

それでも、私はいつも、人生の肝心な「あれかこれか」の選択の時に、決して熟慮の末にではなく、おもしろそうな方を選んできた。今回の選択も、幼稚園という世界から芬々とおもしろそうな匂いが漂ってきていたのである。そしてどうやら私の勘はあたっていたようである。私の中から失われようとしていた、子どもの心の中にある宇宙を、彼らは日々垣間見せてくれるのである。

次回から、一年間子どもたちが見せてくれた宇宙を、文頭のエピソードのように具体的に記しながら、ご披露する予定です。どうぞお付き合いください。

（本章で紹介する絵本と物語、昔話集の書誌は、本書第Ⅳ章をご覧ください）

「見ないで！」

主よ、園長就任二日目のことです。年長組のR子ちゃんが近づいてきて「わたし、前の園長の方が好き」と言って立ち去ろうとしました。突然のことにうろたえた私は、あわてて「ぼくも！」と言ってしまいました。すると「自分より好きなわけ？」と言い返してきました。「うん」と答えると、彼女は腑（ふ）に落ちないという顔をして去っていきました。

そしてその翌日、また彼女は近づいてきて、今度は、「お母さんがね、園長のこと好きだって。だからわたしも好き」と言ったのです。主よ、Rちゃんの母親の心づかいはよくわかりますが、女の子とはいったい何なのでしょう？　喜寿になってもまだよくわかりません。

降園後、子どもたちの中には数人居残って、その日迎えのおそい保護者を待っている子どもたちがいる。その中の女の子たちが「おうちごっこ」を始めると滅法（めっぽう）おもしろい。母親の真似をし始めるのである。

「きょうはね、お姉ちゃんが塾の日だから、夕食はおそくなるわよ」
「おばあちゃんがお帰りになったから、今日はふつうのご飯よ」などという会話が飛び交う。あまりにおもしろいのでそっと近づくと、まるで成熟した女性のようなまなざしで「来ないで！」、あるいは「見ないで！」。ひと言である。往生際悪くうろついていようものなら、「あっち行って！」と罵声をあびせかけられる。男の子は母親の真似も父親の真似もしない。それに、何をやっていても、「見ないで！」とは言わない。

彼女たちは、単純素朴に、私たちの遊びの邪魔をしないでよ、と言っているのだろうか？ それとも、お母さんの真似をしているだけの、決してオリジナリティーのある遊びではないのだから、恥ずかしい舞台をみないでよ、と言っているのだろうか？ それとも、ひょっとすると、ほとんど本能的に、自分をのぞいても、何にもありはしないということを、男である私に知らせてくれているのだろうか？ よくわからない。

そう言えば、昔話の中でも「見ないで！」と言うのはもっぱら女性である（わが国の、と絞ったほうがいいかもしれない。例えばノルウェーの昔話『白クマ王ヴァレモン』のように「見るな」と言われていた女が男を見てしまう。そして結果としては幸せをつかむ。つまり男にかけられていたマジックを解くという物語もヨーロッパには点在する）。「見るなの座敷」然り、「鶴女房」然り。しかし男はのぞいてしまう。必ずのぞいてしまう。自分にはない豊饒（ほうじょう）な世界を、そこに夢見ているのだろうか？

しかしその結果、愛は無残にも一挙に崩れ、男には去っていくウグイスとツルの姿が見えるだけである。無から始まって無に終わった愛の残滓（ざんし）だけが残る。そういえば、イザナギノミコトとイザナミノミコトの話もそれにちかい。あれほど女が「ふり返らないで」と言っていたのに、男はふり返ってしまったのである。

K君にしてやられたこと

主よ、あなたは「子どもたちをわたしのところに来させなさい。妨げてはならない。神の国はこのような者たちのものである」（マルコ福音書一〇章一四節）と言われました。そのお言葉の深さを、私が毎日園に持参する弁当について、男の子たちに言われた言葉を通し、少し学ぶことができました。

私の一日は朝六時の弁当作りから始まる。ありあわせの物を詰め込む、いたって簡素な弁当なのだが、作り続けているうちに、幼い頃に母が作ってくれた弁当をなぞっていることに気づき、なんだかうれしくなってくる。卵焼き、塩鮭、ほうれん草のバター炒め、ウインナーソーセージのたぐいである。登園すると、朝早くから、必ず園児の誰かがお弁当一緒に食べようねと誘ってくれる。それをわが園の子どもたちは「お隣してもいい？」と言う。園ではキャラ弁や果物が禁止されている。果物は持たせるとそれだけでお腹がいっぱいになってしまう子がいるからだそうである、子どもたちの弁当は、戦後まだ間もない頃の我々の弁当にとてもよく似ていて質素である。

秋のある日、私が年中組の男の子たちの弁当をのぞき込みながら、「みんなおいしそうだねえ。お母さんが作ってくださるんだろ」と言うと、全員がほんとうにうれしそうにうなずいた。「ぼくは自分で作っているんだからね！」と自慢すると、子どもたちはまん丸い目で私を見つめ、まるでコーラスのように、一斉に、驚きの声で叫んだ。

「園長にはさあ、お母さんいないの！」

その一週間ほど後のこと。今度は年長のK君と並んで昼食を食べている時のこと。K君が私の弁当をのぞいて「うまそう！」と言うので、やはり、この弁当はボクが作ったんだからね、と自慢すると、「オレの弁当だってよ、父さんが作ったんだからな！」と意外な言葉が返ってきた（この地域で、粋がっている子どもたちはオレのオにアクセントを置く！）。

「そのソーセージもか？」「あたりめー！」

「その卵焼きもか？」「あたりめー！」

「そのブロッコリーもか？」「みんなオレの父さんが作ったんだからな！」と、K君は粋がって言う。

「Kちゃんのお父さんえらいんだ！」私が思わず快哉を叫ぶと、
「ああ、オレ（ことさらオにアクセントを置いて）の父さんはえらいんだ！」と誇らしげに大声を出す。

カッコイイお父さんがいるとすっかり感心・感動した私は、翌朝K君の登園の時に、つきそってきたお母さんに「感心しました。お連れ合いがK君のお弁当を作ってくれるんですってね！」と伝えると、そのお母さんはげらげらと笑い出し、ひと言。

「夫は、一度もお弁当なんて作ったことないですよ！」、だそうである。

K君の嘘に、私がものの見事にだまされてしまったわけである。

しかし、主よ、なんというれしい嘘なのでしょう！　園長ごときに、オレの父さんが負けるわけがねえ、とK君は懸命に私に言いたかったに違いないのです。

園長から保護者の皆さまへ

遊びと絵本と祈りの園

私は、子どもの本の編集者として、あるいは子どもの本の作家として、子どもたちのことはいつもしっかりと見てきたつもりでした。また、隣接する教会の信徒の一人として、この幼稚園の子どもたちのことも、日曜礼拝にくる園児や、日曜学校に来る卒園生たちを通して、ある程度知っているつもりでした。ところが、園長として、子どもたちと一緒に過ごすうちに、なんだか私は子どもたちを、ガラス戸の向こうから眺めていたのではないかと思うようになってきました。

『ぐりとぐら』や『いやいやえん』の作家中川李枝子さんは、私の大好きな、敬愛する方なのですが、戦後のまだ東京が焼け野原状態だった時に、保育者になりました。で、絵本はない、遊び道具もない、食べ物もろくにない、あまりに貧しい時代でした。で、彼女が心に決めたことは「子どもたちのガキ大将になろう。子どもたちと一緒に、ともかく元気に遊ぼう、そして物語を読んでやろう！」ということでした。

二〇一七年の四月、その言葉だけを頼りに、私はこの園の園長に赴任しました。無論、喜寿を迎えようとしていた私にガキ大将は無理ですが、ガキ大将になって遊ぶ先生方を応援しながら、せめて、体力の続く限りは、子どもたちの中に入って一緒に「遊んで、遊んで、遊び」まくろうと思っていたのです。そうすれば、比較的やさしく子どもたちを理解することができるはずだと考えたのです。

これは、スウェーデンの代表的な作家のリンドグレーンの自伝に出てくる、正確には「遊んで、遊んで、遊んで、遊び死ななかったのがふしぎなくらい」という、彼女が幼いころをふり返って言った、スウェーデンではだれでも知っている言葉です。幼いころに遊んだ量と質によって、人間の豊かさは決まってしまうということです。子どもたちは、遊びながら自然を体験し、他人を知り、社会を知り、自分を知り、人間を知っていくのですから。

けれども、この言葉の私の理解も、どうやら上っ面だけだったようです。

この二年半、私は子どもたちと遊びながら、彼らが園庭を駆け回ったり、木に登ったり、ダンゴムシを探したり、どろ団子をにぎったり、ままごとをしたり、川を掘ったり、そこにザリガニを放ったり、つまり全身で遊んで、遊んで、遊びながら、仲間を作り、その仲間と衝突し、時にこちらの胸が痛むほどに激しくけんかし、しかし仲直りし……と、それをくり返しながら、確実に変化していく姿を、日々見せられてきました。

そのうち、子どもたちはどの子も、それぞれに、生涯をかけてみがき、守り、結晶させるのであろう個性を、しかと、しかも生き生きと美しく見せ始めてきたのです。正確な言い方をすれば、ようやくそれが私に見えてきた、ということなのでしょう。私にとっては衝撃的な、新鮮で、驚きに満ちた経験でした。

そしてこの経験は、私が学んできた、子どもの成長と本の関係にとてもよく似ていることも示してくれました。よく一〇歳になるまでの間に、親や園や小学校の先生に読んでいただいた本の量と質が、その子の将来の読書の方向を、つまり人間の豊かさを決めてしまうと言われています。子どもたちは物語の主人公になり切って、冒険にでかけ、たっぷり遊んで、そして家に、読み手の心の中に戻ってくるのです。物語の主人公になり切るから、子どもたちにとって、日常生活で経験することと、絵本の中で経験することは同じ重さ、意味を持っているのです。

いや、それでは言い足りなく、なんだかこの園での経験から、私は幼い頃に読んでもらった物語を、人は一生かかってたどっていくのではないかと思い始めているところです。今皆さんのお子さんは、皆さんに読んでいただく、あるいは先生方に読んでいただく物語、絵本や昔話によって、どんなに遠くまで旅をしているか、どんなに深く、人間の心の奥までたどっていることか、と思います。それを、彼らは毎日遊びと読書を通してくり返しているのです。

私は、この幼稚園の子どもたちが、日本で一番よく遊ぶ子どもたちになってほしいと思っています。また、日本で一番、物語、絵本や昔話を楽しむ子どもたちになってほしいと願っています。夢中になって遊んでいる時、絵本の主人公になりきって、挿絵の助けを借りながら、冒険（遊び）に出かけている時、その時こそ、子どもたちが脳を最も活発に働かせているのです。

そして、おそらく、豊かな遊びの経験と絵本体験が、子どもたちに「耳をすます」ことのよろこびと大切さ、豊かさを確かに体験させているのだろうと思います。この耳をすますことが、人間にとって最も大切なことであるにもかかわらず、今私たちの国で最も欠けていることであることはまちがいありません。遊びと絵本を通して、子どもたちには、「耳をすます」体験を何度も、何十回も、何百回も、くり返してほしいのです。自然のささやきに、動物たちの声に、人間の言葉に！　そして自然や、動物や、人間の言葉の向こうにある、静かな、しかし温かい声に「耳をすまして」欲しいのです。この「耳をすます」ことの最も純化した形が「祈り」であろうと、私は思っております。

子どもたちはたっぷりと遊び、皆さんと、先生方からたくさんの絵本を読んでいただき、そして聖歌（讃美歌）をうたい、祈りながら、常に、一番大切な声に「耳をすます」準備を続ける。それこそがこの園の守り通してきた姿勢ですし、目的でもあるのです。一番大切なこととは何か。どうやら人生は生きるに値する楽しい場所だという確信です。どんなに辛いことや悲しいことがたくさんあっても、人生はよろこびに満ちているという確信を持つということです。そう感じさせてくれるのが、遊びと絵本と祈りなのだろうと思っています。私はそのことを、園の子どもたちと、子どもたちをしっかりと守り支えている皆さまと、先生方から学んできたように思っています。

私は、先生方と共に、何としても、一〇〇年以上にわたり守られてきた「遊びと絵本と祈り」の場所としてのこの園を、大切に守っていこうと思っております。

無論これは、保護者の皆さまの、ご理解とご協力なしには実現不可能なことです。保護者の皆さまが「こんなに遊んでばかりいて大丈夫なのだろうか？」「けんかをしている姿も時々見る」「なかなか自分で絵本を読もうとはしないけれど、いいのだろうか?」というたぐいの疑問をお持ちになるケースもよくあります。けれども、くり返しになりますが、けんかもふくめた遊びが、そしてすぐれた絵本を読んでもらうことが、子どもの成長をうながすのです。

フィンランドでは、どこの父親も、わが子が一〇歳になるまでは、一日一五分は物語や詩を読んでやっています。そして子どもたちはたっぷりとした遊びの日々を送っています。日本によくみられるメディア障害の子どもはいません。遊びと絵本で育った子どもたちが、小学校に入ってからの世界共通の試験では、世界一なのです。

なんとしても、皆さまとご一緒に、この園の子どもたち全員を「遊びと絵本と祈り」の中で育てたいのです。

数年前にアフリカの大草原、セレンゲティに行っておりました時、大移動の最中に、一頭のヌーの赤ちゃんが転んでしまいました。あっ、踏み殺されてしまう、と思いました。ところが赤ちゃんのすぐ後ろにいたおとなのヌーが赤ちゃんを飛び越えました。そして後に続くヌーたちは、次から次へ赤ちゃんを飛び越えながら移動していったのです。すべてのヌーたちは、すべてのヌーの赤ちゃんの親でもあるのです。私はそのことを大移動から学びました。

どうぞ、ご自身のお子さんの親であると同時に、七〇名の親であってください。

このメディアの洪水の中で、しかも画一的な教育が横行し個性が軽んじられる中で、子どもたちを守り、人間として育てるのは、至難の業です。この幼稚園では、「遊びと絵本と祈り」を軸に据え、皆さまとご一緒に、子どもとは何か、子どもの成長とは何か、幼児教育はどうあるべきなのか、それを深く考えながら、子どもたちを育て続けていきたいと思っております。

どうぞ皆さま、実り多い夏休みをお過ごしください。楽しい豊かな夏休みの経験は、生涯忘れないものです。その経験が、子どもたちにとっての、生きてゆく拠り所（よりどころ）になっていきます。八月の末に子どもたちと再会できる日を楽しみに待っております。

二〇一九年七月一七日

園長　斎藤惇夫

R君と『ひとまねこざる』

主よ、あなたは「神の国は、見える形では来ない。『あそこにある』『ここにある』と言えるものでもない。実に神の国はあなたがたの間にあるのだ」（ルカ一七章二〇節）と言われました。主よ、あなたは日々園児を通して、私に「神の国」を示してくださっているのでしょうか！

R君は体格のいい、元気な年中組である。園で一番強いのは園長で、二番目が自分だと思っている節がある。たしかに、四つに組んでも、腹にパンチを受けても、なかなか強い。だが一方泣き虫で、自分の思いが通らないと大声で泣き出すくせがある。

ある日、雨上がりの園庭で、R君と仲間のS君は、どろ団子を握って私にぶつけ始めた。命中率は高いとはいえないまでも、たちまち私のTシャツもジーンズも泥まみれである。とっさに私はS君を羽交い絞めにし、盾にしてR君と向き合った。逃げようともがくS君の足が運悪くR君の顎にあたり、R君は転がり、背中が転がっていた積木にあたってしまった。たちまち園庭にとどろく泣き声を残し、R君は園舎に消えた。

ほどなく、担任のT先生の「園長先生、ちょっといらしていただけますか」という声に、園舎に入ると、R君がまだ肩をふるわせながら担任の横に座っている。T先生は大きなクラフト紙を広げ、「Rちゃんの要求を三つ書きましたので聞いてくださいね」と読み上げ始めた。
一、すぐに家に電話してお母さんに迎えにきてもらうこと。
「園長先生どうですか？」と、T先生が聞く。

「うーん、どうしても帰りたいならば仕方ないなぁ。電話してもいいよ」
二、園長に謝らせること。
「どうですか？」

「うーん、ちょっとやりすぎたので、謝るよ。ごめんね」
三、園長に「おさるのジョージ」を読ませること。
「どうですか？」

（……、R、キミが僕に泥を投げつけたのがそもそもいけなかったんだぞ。僕だって怒っている。絵本を読むような気持にはとてもなれない……）と心の中では思ったものの、すぐに、「喜んで読むよ！」と言い、もうすでに「おさるのジョージ」こと『ひとまねこざる』を膝に抱いているR君に読み始める。最初はちょっとつかえたものの、どうやら私の舌もなめらかに動き始め、R君の泣き顔は笑顔に変わり、あっという間もなく、R君はジョージと一緒にニューヨーク市内を走り始めた。読み終えると、すっかり上機嫌になったR君、私の手をしっかりにぎり園庭に連れ出し、またしてもどろ団子を投げつけ始めたのである。

主よ、あなたが一日のわずかな時間の中で、どろ団子とR君と『ひとまねこざる』と、この絵本を息子に読み続けている母親と、そしてT先生のしなやかな心づかいを通して、私に示してくださった、豊かさと潤いとよろこびに、心から感謝いたします。

なんだか私は、その時間の中に、怖れずに言えば、私たちの間にある「神の国」の香りをかいだような気がするのである。

けんか

主よ、あなたは「これらの小さな者の一人をつまずかせる者は、大きな石臼(いしうす)を首に懸(か)けられて、海に投げ込まれてしまう方がはるかによい」（マルコ福音書九章四二節）と言われました。私は、またまた、海の底に沈められなくてはならないことをしでかしそうになりました！

議論もケンカも苦手である。後に残る虚(むな)しさがなんともやりきれない。それに、勝ったためしがない。君子では無論ないが、私はいつも事が起こると「あやうきに近寄らず」、すたこらサッサと逃げ出してしまう。ところが五月、年長組のK君とI君が、園庭の真ん中でケンカを始めてしまった。どうやら本気である。双方口ではもう言うべきことは言ってしまったらしく、パンチの応酬(おうしゅう)が始まっている。いく発かは相手の頬(ほお)や、胸を捉えている。園庭の隅で年少組のおままごとに付き合っていた私は、二人のただならぬ気配に、かけ寄り、「いいかげんやめなさい！」と怒鳴った。

万が一怪我でもしたら大変と思ったし、何よりもケンカなど、ホントウニ虚しいものだからという意識が働いてのことである。

ところが、「園長先生、止めないでください！　このまま続けさせてやってください！」という凛とした声が後ろから響き、ふりむくと、年長組の担任のF先生が、目を三角にして私に抗議している。「やっと、本気になってケンカするところまできたのです！」。

そして二人には「さあ、続けなさい！」と、激励したのである。

うろたえながら周囲を見回せば、園庭で子どもたちと遊んでいた先生方は、皆、二人のケンカの成り行きいかがかと見守っていたのである。私は、文字通り仰天し、石臼を首にかけられて、海の底に沈む己が姿を思い描いた。

主よ、お許しください。F先生は、日々、この二人と共に生きていたのです。私はなんと軽はずみに、愚かなことを言ってしまったのでしょう。K君とI君の、今、この瞬間しか見ていなかったのです！　ここに至った彼らの時間の重さを感じていなかったのです！

確かに私は、ほんの束の間子どもたちの言動を見て、それを、まず、そのまま受け止めるのではなく、大上段に剣を構え、袈裟懸けで、それも相当錆び付いたおとなの感覚でバッサリと切ってしまおうとしたのである。ケンカに至るまでの二人の心の中をのぞこうともせずにである。F先生は、二人の心の衝突を年少組のころから見てきた。そしてこの日が来ることを覚悟していた、いや待っていた。ケンカによってようやく始まる時間を、経験できるはずの新たなより深い関係を信じながら。子どもと共に生きてきた人にだけできる、プロフェッショナルの仕事である。

もっとも、子どもたちの方は、気勢をそがれたらしく、ケンカをやめてしまった。

二か月ほど後、今度は別の年長組の二人が激しいケンカを始めた。R君とS君である。今度は余裕しゃくしゃく、私は、悠々と見物させてもらった。その翌日のこと。園庭で仲良く遊ぶ二人の姿を見ながら、「ほらあの二人がもう……！」と言いかけると、「ヤツラもなかなかやりますねえ！」という、うれしそうな声が返ってきた。

振り向くと、普段は子どもたちに、優しく丁寧すぎると思えるほどの言葉をつかう副園長が、微笑(ほほえ)みながら立っていた。

園長から保護者の皆さまへ
夏休みには沢山の「行って帰る」物語を‼

子どもの本の基本的なパターンに、「行って帰る」があります。最も安全・安心な場所――大概は自分の家やお母さんのそば――から飛び出し、冒険を経験して、再びそこに戻る、というパターンです。『ピーターラビットのおはなし』『ちいさいおうち』『かいじゅうたちのいるところ』『はじめてのおつかい』『エルマーのぼうけん』……と枚挙のいとまもないほどです。『ニルスのふしぎな旅』だって『ハイジ』だってそうです。

子どもたちが幼稚園で元気に楽しく遊んでいられるのは、安心して帰っていける場所があるからです。そのことを考えれば、絵本や童話に「行って帰る」パターンが多いのはうなずけますし、子どもたちがそれを求めるのもごく自然だということもわかります。

肝心なことは、子どもたちが物語の中にこのパターンを求めているばかりではなく、読み手の心の中から飛び出して、再び読み手の心の中に戻るという行為を無意識に行っている、くり返しているということです。子どもたちが、絵本や童話を親に読んでもらうということの深い意味はそこにあります。子どもたちは、物語と読み手から守られ、よろこびのうちに「行って帰り」、成長をうながされているのです。

どうぞ夏休みには、沢山の「行って帰る」絵本や童話をお子さんに読んであげてください。夏休みこそ、子どもたちが冒険に出かけ、そして帰ってくる楽しみを、たっぷりと経験できる絶好の機会なのですから！

園児と虫たち

主よ、あなたはビルに囲まれた小さな園庭に、たくさんのダンゴムシをご用意くださいました。おかげで子どもたちは、日々動物たちとの会話を楽しんでおります。

子どもたちはダンゴムシが好きだ。園庭の木の根元や花ばたけや大きな石の下からダンゴムシを探してきて、互いに見せ合い、自慢し合い、枯れ葉と共に小箱に入れて家に持って帰り、また翌日園にもって来る。動かなくなると、また園庭のどこからか探してくる。そのうち、小箱の中には、園庭のアリが加わり、木々の葉にとまっていたテントウムシやカナブン、蝶や蛾や、土の中の甲虫類の幼虫、春になると、小さなバケツに入れられてオタマジャクシやザリガニも現れる。そして夏休み前には、いろいろな家庭で育てられていたカブトムシやクワガタまでが加わることになる。

五月の末、年長のR君が「バンデード、バンデード」と叫んで、職員室に飛び込んできた。

何事かと園庭に飛び出すと、ザリガニの背の殻が取れかかっている。「園長、ザリガニのハサミしっかり押さえておいてよ」と言いながらR君、取れかかった背中の殻にバンソウコウを巻こうとしている。

「それは無理だよ、バンソウコウは万能じゃないから」という私の言葉などどこ吹く風で、胴にしっかりと巻きつけると、バケツに戻した。R君は数日前、近所の神社の池から、一〇〇匹のオタマジャクシを連れてきて、園庭に池を掘り、彼らを入れ、全滅させたばかりなのである。翌日今度は三〇匹連れてきて、さすがに担任のA先生が「オタマジャクシの命はあなたの手にかかっているのよ」と言ったおかげで、彼らは命ながらえることができた。

人が動物を愛することができるか否かは、子どもの頃に殺した虫の数による、とおっしゃったのは動物学者の河合雅雄さんである。名言だと思う（都市化と農薬が、ほとんどの昆虫を殺してしまった、とよく言われるが、どうしてどうして、昆虫はしぶとく生きながらえている）。そのプロセスを経ない自然保護、動物愛護など、傷ついたことのない人間が、愛を語るようなものである。やがて子どもたちは殺めた虫たちの、命の輝きに思い至る。かぎりなく愛おしい、ひとつきりの命として。その時までじっと待とう。ダンゴムシよ、テントウムシよ、カナブンよ、ザリガニよ、オタマジャクシよ、許しておくれ！　私たちにできることは、そう祈ることだけである。ところが………。

主よ、年長組の子どもたちとの奥多摩の宿泊保育で、私は六〇年ぶりでタマムシを捕まえました。相変わらず、玉虫色に輝いていましたよ。さっそく子どもたちに自慢して、欲しい子どもがいたら持って帰っていいよと言おうとしました。ところが他ならぬR君に、「園長逃がしてやろうよ、ここがその子の家なんだからさ、お母さんお父さんのいる場所なんだからさ」と言われてしまいました。

私の心の中の子どもが、その時強く反発し、R、嘘つくんじゃね、気取るんじゃねえ、タマムシなんて、そう捕まるものじゃないんだぞ！と叫びそうになりましたが、園長らしく「そうだね」と言って空高く逃がしてやりました。

アーメン

子どもと自然

主よ、あなたは人をおつくりになるまえに、この世に草を木々を芽生えさせ、生き物を産み出されました。このことの意味とよろこびを本当に知っているのは、やはり子どもたちのようです。

浦和駅から歩いて七、八分、二一階建てのロイヤルパインズホテルと八階建ての市民会館の裏に、ひっそりと佇（たたず）んでいるのがわが幼稚園なのだが、園庭も二〇〇坪ほどと狭い。おまけに、子どもたちが月曜から金曜までせっせと作った山と川は、金曜日の夕方には園長がレーキでならし、教会の駐車場にしてしまう。と、そう書けば、いかにも街中のわびしい佇まいの園と受け取られかねないが、実は逆で、園庭（駐車場）を取り囲む木々は都会のオアシスの趣（おもむき）がある。

シラカシの大木が風に揺れ、桜、梅、木蓮、泰山木（たいざんぼく）、金木犀（きんもくせい）、ブドウ、キウイなどが花をつける。秋、シラカシは、それこそ宮沢賢治の「どんぐりと山猫」ではないが、風がひと吹きすれば、枡何杯ものドングリを園庭に落とす。さっそく子どもたちは、それを集め様々な遊びに使うし、先生は大鍋に入れてぐつぐつ煮て、煮汁で布地を染め、カーテンを作るだろう。粉にして、団子を作り、子どもたちに食べさせてくれるだろう。

そう言えば、柿の新芽が出たころ、副園長が園庭に鍋を持ちだし、子たちにその新芽をさっと油で揚げて、食べさせてくれた。ムカゴもゆでてくれた。無論、柿の実が熟せば、みんなでもぎ、おやつに食べる。たわわに実ったブドウを、子どもたちはてんでに足台を持ってきたり、先生に抱いてもらったりしながら、ブドウ棚からもぎ取り、口に入れている。

それだけではない。一〇メートルほどの泰山木はその枝ぶりが、子どもたちに木登りを誘うらしく、毎年何人もの年中、年長の子どもたちが木のてっぺんまで挑んでいる。梅の木や金木犀は、初めての木登り、空間での遊びに適しているらしく、年少の子どもたちも多く登って遊んでいる。木登りにさっぱり興味を示さない子どもたちも、木の葉を使っての料理や、お店屋さんごっこのお金に使ったりしている。

さらに言えば、ミカンの葉にはアゲハの幼虫が育っているし、木の根元には、甲虫類の幼虫がうごめいている。ダンゴムシも枯れ葉を食べ、セミの幼虫は地中深くに棲み、やがて地上に現れ、幹を昇る。その姿を、目を皿のようにして探し求めているのが子どもたちなのである。自然と一体化し、目と耳と口と、それだけでなく、手と足と頭と、全身で自然と向き合っているのが子どもたちなのである。

先日保護者の方々に、「園庭の木を一〇種、昆虫を一〇種、飛んでくる鳥を一〇種記してください」という抜き打ちテストをしてみた。三〇点満点である。満点に近い方が何人かいたのには驚いたが、平均一五点というところか。鳥に関して三、四種しか記せない方が多かったからである。それも道理。鳥たちのほとんどは子どもたちが帰った後にやってくるのである。しかし、二〇点はとってほしいなあ！　子どもたちが毎日木登りをし、走り回り、穴を掘り、どろ団子を作り、虫を追いかけている園庭なのである！

なぜ人間は緑を求めるのか。それは、類人猿がもともと樹上にいたからだ。人間は、もともと緑なしには生きていけない、と『子どもと自然』に書いていらしたのは、これも河合雅雄さんである。「創世記」のエコーを聞くような感じがする。なにしろ天地創造を語る「創世記」では、植物が芽生えたのは三日目。鳥は五日目。そして、獣たちが造られた後にようやく人間が創造されるのだが、それがやっと六日目のことである！

木曜日は煉獄(れんごく)の日

主よ、木曜日にはいつも恐怖の時間が待ちかまえています。午後三時一五分、いつものように教師全員による一日の「ふりかえり」と「明日の打ち合わせ」が語り合われた後、その週の担当者が、今抱えている園児の問題を具体的に、レポートで提供し（事例と言っています）、全員がそれに対する質問やアドバイスや、時に反論を記し、各自読み上げるのです。私にとっては煉獄の時間です。

事例に取り上げられる子どもの名前は、AとかIとかで示される。例えば最近Aが遊びに夢中になれなくなっており、こちらが仕かけても乗ってこない。なにか心に引っかかるものがあるらしいが、それを探り出せない。などということが報告されたとすると、先生方は驚きも戸惑いもせず、すぐさま滑らかにペンを動かし始める。どうやら担任でなくとも、すぐにあの子、あの子とこの子の関係、あるいはあの子と親との関係、などとわかるらしい。

私はまずAを思い浮かべようとするのだが、七〇名の子どもたちの顔が次から次に浮かぶばかりで、特定できない。それではと、事例に記された具体的な言動を、私の目の前で示している子どもを思い出そうとするが、全員楽しそうに、あるいは泣きべそをかきながらも遊んでいる姿しか思い描けない。お手上げである。茫然自失。首に大きな石臼をかけられ海に沈められた男のように、虚しく空を眺めるだけである。

挙句の果て、最後はえいやっと、「子どもには誰にだってそういう時期があるのです。心の中で、今、様々な運動が起こり、無意識のうちに、その運動に耐えているのです。それも成長の証です」なんて、メモに記し、読み上げるのである。汗をかきながら。

それに比べ先生たちは、それぞれの経験の中から言葉を紡ぎ出し、その子が置かれている状況を語り、自分の意見をのべる。優しく、丁寧に、具体的に。でも、もちろん、神から与えられた、それぞれ異なる個性を持つ子どもたちへの、敬愛の思いを礎にしながらのことである。

私は、時々、保育者というのは後頭部にも目があり、全身が耳の心優しき妖怪なのではあるまいかと疑う。私も子どもの本の編集者として、作家として真剣に子どもたちを見てきたつもりではあったが、とても及ばない。

ある日、若い先生が、ある子どもの扱いに悩み、先輩に相談しているのに聞き耳を立てていたら、「子どもと同じモチベーションで遊べるかどうか、じゃない？」と先輩が歯切れよく答えていた。なんだか胸を短刀で刺されたような気がした。私に欠けていたものを、ズバリとその先輩が言葉にしたのである。確かに全てはそこから始まる。

見る前に跳べ、いや、遊べ！である。そこからしか子どもたちに近づく道はなさそうである。おかげでどうやら木曜恐怖症も少しずつ解決しそうな気配である。主に感謝！

園長のおはなし
ポターと純子ちゃん

今日は、この『ピーターラビットのおはなし』の絵本と、日本で一番初めにこの絵本をお母さんに読んでもらった四歳の女の子についてお話しします。

この絵本は、ずっと昔、みんなのおばあちゃんおじいさんの、そのお母さんお父さんが生まれたころに、イギリスで生まれました。今からもう一〇〇年よりももっと前のことです。作者はビアトリクス・ポターという女性です。僕は、初めてこの絵本を見た時から大好きになり、どうしても日本の子どもたちに楽しんで欲しくなり、英語を日本の言葉にした本を作りたくなりました。そこで僕は、日本で一番子どもたちにわかりやすく、美しい言葉を使えると思っていた石井桃子さんにお願いしました。石井さんは長い時間をかけて一生懸命英語をみんなにわかる、美しい日本の言葉になおしてくださいました。

みんなのお母さんとお父さんが生まれる少し前のことです。いつもみんながおおきな紙に絵を描くでしょう、あれと同じくらいの紙に、ピーターラビットの絵と言葉が印刷されてとどけられました。大きな工場で、その紙を折って、切って、綴じて絵本にするのです。僕は、いよいよ絵本になるんだと喜んでその大きな紙を見ていました。するとその時、机の上の電話が鳴りました。僕の中学時代の友だちの女性からでした。

「お願いがあるの」とその人は言いました。

「斎藤さんの会社で血液型がＡＢ型の人がいるかどうか調べていただけませんか？ もしいたら、その方に、少し血をわけてくださらないか聞いてください」というのです。

「いったいどうしたの？」と聞くと、その人のお友だちの、四歳の純子という名の女の子が重い病気にかかって苦しんでいて、「あと少ししか生きていられないの。新しいＡＢ型の血液をわけてもらえれば少しらくになるの」というのです。

なんだ、そういうことならば、「僕の血をあげます。僕はＡＢ型です」と言って、すぐに東京の小児病院に駆けつけ、注射器で血をすこしとってもらいました。それから一時間程待っていたら、その血を純子ちゃんにうつしたあと、純子ちゃんのお母さんがやってきて、純子ちゃんに会ってくださいませんかというので、純子ちゃんの病室をのぞいてみました。すると純子ちゃんが真っ白な顔で待っていました。そして小さな声で、ありがとうおじさん、と言ったのです。

僕は、あわてて、「これから急いで会社に戻って、おもしろい絵本を三冊持ってくるから待っていてね」と言って、さよならをしました。電車で帰る途中も、会社に戻ってからも、どの三冊にしたらいいのか一生懸命考えました。あと少ししか生きられない純子ちゃんに、どんな絵本をプレゼントしたらいいんだろうとね。

仕事仲間もみんな寄ってきて、一緒に考えてくれました。二冊は簡単に選べました。『ぐりとぐら』と『もりのなか』です。みんなも好きだよね。

でも、最後の一冊をどうしようか、考えても考えてもどれにしたらいいのかわかりません。でもその時、僕は、とてもいいことを思いつきました。目の前にある印刷されたばかりのピーターラビットの大きな紙を自分で切って、折って、綴じ合わせて本の型にして、それをプレゼントしようと思ったのです。早速、カッターで紙を切り、手で折り曲げ、本の型にして、背を糸と針で綴じ、不格好だったけれども、それに表紙はないけれど、純子ちゃんのところに駆けつけました。

その次の次の日、純子ちゃんのお母さんから「いただいた絵本、どれも純子が喜んで聞いていています。特に、ピーターラビットの絵本は、純子が、日本で初めてこの絵本を読んでもらう子なのよ、と言ったせいか、何回も何回も、読まされています」というお手紙をいただきました。

それから一週間後に、またお母さんからお手紙をいただきました。

「純子はピーターラビットを胸に抱いたまま神様のもとにいきました」というものでした。

みんなが、ピーターラビットの絵本を借りて行ったり、読んでいたり、あるいは、僕に読ませたりしている姿を見ていると、いつも、僕は純子ちゃんのことを思い出しています。

この絵本を描いたポターさんは、自分の知り合いの子どもが重い風邪を引いた時にお見舞いに、ピーターラビットをノートに描いてプレゼントしました。石井桃子さんはみんなにわかる美しい日本語にしてくださいましたし、印刷所の方々も、製本所の方々も、みんな、一生懸命、この小さな絵本をみんなのために作りました。麗和幼稚園にある絵本は、どの一冊も多くの方々がみんなのために一生懸命に作ったものなのです。そして、純子ちゃんのような子どもたちもまた沢山いるのです。どうぞ、みんなが友だちや動物を大切にするように、絵本も大切にしてください。絵本はみんなの友だちなのです。時々、みんなの中に、絵本を投げつけたり、足で踏んだりしている人を見かけ、とても悲しい思いをしています。

さあ、今日のお祈りをしましょう。

天のお父さま、今日もみんなが楽しく、沢山、元気に遊べますように。そして、先生方が読んでくださる絵本と、仲の良い友だちになれますように。

この祈りを、主イエスさまのお名前を通して、み前にお捧げいたします。

アーメン

子どもの前での大失態

主よ、私はまたまた子どもたちの前で大失態を演じてしまいました。

園長は二か月に一度、全園児の前でお話とお祈りをしなくてはならない。一五分程でいいのだが、それでも苦心惨憺。テーマと文体という、物語の基本の問題に毎回悩まされる。ところが今回、何の苦労もせずにテーマは決まった。ポターの『ピーターラビットのおはなし』について語ろうと思ったのである。実は、いく人か、絵本を投げたり踏んだりする園児がいる。元編集者としては、身を切られる思いであり、本とは何か、一度子どもたちに語ろうと思っていたのである。それには私自身が編集した、『ピーターラビットのおはなし』の最初の読者について語るのが最適と思ったのである。

一九七一年、私がピーターラビットの刷り出しを眺めていた時、机の電話が鳴った。中学時代の同級生の女性からであった。彼女は、あなたの会社にＡＢ型の血液の若い男性はいないかと問いかけてきた。「僕ＡＢだけど」と伝えると、彼女はよろこび、「献血をお願いできないかしら、小児がんにかかり、余命いくばくもない四歳の女の子がいるの。輸血された時だけ痛みがやわらぐらしいの」と言った。

僕でいいなら喜んで、と私はすぐにその子が入院している病院に駆けつけた。何ccだったか忘れたが、ともかく献血して帰ろうとすると、女の子の母親がやってきて、娘に会ってくれと言う。病室をのぞくと、真っ白い顔をした女の子が、その時輸血を終えたばかりで痛みが薄れていたのか、「おじさんありがとう」とささやいたのである。僕は、うろたえ、「待っててね、これから会社に戻って三冊絵本を持ってくるから」と言って、病室を飛びだした。

福音館に戻ると、その子の顔を思いながら、どの三冊を選んだらいいのか必死に考えた。ただならぬ私の形相に、同僚が集まってきて、俺だったら、私だったらと侃々諤々（かんかんがくがく）。それでも二冊は簡単に決まった。『ぐりとぐら』と『もりのなか』である。だがあとの一冊が決まらない。どうしたらいいのかと思いあぐねていると、啓示のように、ひとつの思いが胸に浮かんだ。そうだ、このピーターラビットの刷り出しを女の子に届けようと思ったのである。私はカッターナイフで校正刷り（こうせいず）りを切り、糸と針で不格好に背を綴じ、絵本にし、病院に届けた。

二、三日後、母親から、娘がいただいた絵本を喜んで聞いている。ことにピーターは、「あなたが日本で最初に読んでもらう子なのよ」と言ったせいか、読まされ続けている、という便りをもらい、その数日後「娘はピーターラビットを抱きながら召天しました」という手紙が届いた。

主よ、そんなことを子どもたちに語ったのです。たちまち子どもたちはおしゃべりを始め、広間は騒音地獄と化しました。子どもたちは絵本を読んでもらうのは好きですが、絵本について聞くことなど、退屈の極みなのです。当たり前のことを、また、学びました！

クリスマス会で保護者に賢治を読む

主よ、昨年の保護者のクリスマス会に、宮沢賢治の「虔十公園林」を読みました。保護者の方々から、クリスマスにふさわしい感動的な物語を読んでくれと言われていたのです。賢治が熱心な法華経の信者であることは知っております。でも私は小学生のころから、あんなにおもしろい物語を書く賢治は、西欧の作家で、キリスト教の信者であるとずっと思っていたのです。今でもひそかにそう思い続けています。

一昨年は同じクリスマス会でエインズワースの『黒ねこのお客さま』（福音館書店刊）を読んだ。下手なクリスマスの絵本や童話よりも、こちらの方がずっとクリスマスにふさわしいと思ってのことである。さて今年はと迷った末に、思いきって賢治の「セロ弾きのゴーシュ」「虔十公園林」のどちらかにしようと決め、与えられている時間が一〇分から一五分ということから後者に決めた。

雨の中の青いやぶを見ては、よろこんで目をパチパチさせ、青ぞらをどこまでもかけて行くたかを見つけては、はねあがって手をたたいてみんなに知らせました。……風がどうとふいて、ぶなの葉がチラチラ光るときなどは、虔十はもううれしくてうれしくて、ひとりでにわらえてしかたないのを、むりやり大きく口をあき、はあはあ息だけついてごまかしながら、いつまでもいつまでもそのブナの木を見上げて立っているのでした。

これは、物語の冒頭部分である。虔十は、おっかさんに言いつけられると何十杯でも水汲みをするような少年である。何も欲しがることのなかった虔十が、両親に頼んで畑にならない運動場ぐらいの野原に苗七〇〇本を植え、人に逆らうことのない彼が、木を切れと言われても従わずに守り通して育てた杉の林。

何としても私は、保護者の方々には、自らが作り上げた杉の林に遊ぶ、学校帰りの多くの子どもたちの様子を隠れるように見て、「口を大きくあいて、はあはあ」笑う虔十の姿に、心の奥底に眠っていた幼児の心を、しかと思い出していただきたかった。そして、我が子の心の中に「宇宙」を見つけていただきたかったのである。

この物語のクライマックスで、アメリカ帰りの博士が、自分が幼いころ遊んだ虔十の杉林を見て語る言葉――。

「ああまったくたれがかしこく、たれがかしこくないかはわかりません。ただどこまでも十力の作用はふしぎです」

これこそ、子育てや幼児教育の原点、そして、この言葉に表された信仰の深み。もし、我が子の心の中に「宇宙」を見いだせなければ、この言葉の重さもまた、とうてい認識できないだろうと思えてならない。

園長になって私が学んだ最も大きなことは、たぶん、園児たち全員がみんな違う、という単純素朴な認識である。実際あきれかえるほどにみんな違う。そして、その全く違う子どもたちのうちの、誰が賢く、誰が賢くないかなどは、人間ごときにわかるはずがないという確信である。

主よ、私は以前、小学生にこの物語を読んでやった時も、今回も、その博士の言葉のところで声を詰まらせ、思わず眼鏡を拭くふりをして、涙をぬぐいました。こんなにまっすぐに、わかりやすく、しかも力強く、信仰を語った言葉を、私は知りません。

アーメン

園長から保護者の皆さまへ
冬休みにはぜひ昔話を‼

　私は仕事でも遊びでも、外国に行くときには、必ずその国の昔話をたくさん読んでから出かけることにしています。その国の歴史や文化を調べるよりも、余程（よほど）、そこに住む人々の心の中を知ることができるからです。

　この習慣をつけてくれたのは祖母と母でした。幼い頃、祖母は、私の故郷新潟の昔話を毎晩語ってくれ、母はいろいろな国の昔話をよく読んでくれました。祖母の昔話は雪の降っている間、母は夏休みを中心に、外で遊べない雨の日に。私は、ただただ、昔話のおもしろさを満喫（まんきつ）していただけでしたが、後年、昔話が、いかに人間の心や魂を語っていたのかを知っていくことになります。昔話ほど、それぞれの国の人々の物語を語りながら、人間の心の中を語っているものはないのです。昔話は人間の心を知る鍵、人間の世界へのパスポートなのです。

そこで冬休み、年少の子どもたちには『おおきなかぶ』『てぶくろ』『おおかみと七ひきのこやぎ』『三びきのやぎのがらがらどん』、年中には『かにむかし』『ねむりひめ』『金のがちょうの本』『ブレーメンのおんがくたい』『かさじぞう』などを、年長の子どもたちには『イギリスとアイルランドの昔話』『ロシアの昔話』『グリムの昔話』など昔話集をぜひ読んでやってください。

人間の心の深さを知らせるために。世界がふしぎと面白さに満ちみちていること、それを物語を通して経験させるために！

二人の淑女（しゅくじょ）

主よ、三月の半ば過ぎ、私は二人の淑女から、まるで最後の晩餐（ばんさん）ともおぼしき食事に招かれ、至福の時間をすごさせていただきました。

三月半ば過ぎというのは、卒園式間近ということであり、二人の淑女というのは卒園間近の女の子二人。食事というのは、二人と一緒にお弁当を食べた、ということなのだが、実に、忘れがたい昼食だったのである。

桜がまだつぼみの頃、二階のホールの一角にある私の部屋に、二人の少女がそっと入ってきた。HとNである。仲の良い静かな二人組である。私とは、ほとんど、登園と降園の時に「おはよう！」と「さようなら、また明日！」と言いかわし、ハイタッチするだけの関係でしかない。私の部屋に入ってきたのもおそらく初めてのことである。そもそも二階のホールは誕生会とか礼拝、保護者会、それに園庭が雨で遊べない日に使われるだけで、普段は遊びに飽（あ）いた子どもがそっと忍んでくることはあるにせよ、聖域になっている。

「あの、あした、いっしょにお昼ごはんしてもいいですか？」二人は声を合わせて言う。

「喜んで！　みんなが食事の前の『今いただく食べ物を……』を歌い終えるころ、年長の部屋にいくから」

「わたしたちが迎えに来ます」ふたりはそう言って戻っていった。

そして翌日の昼ちかく「園長先生！」と迎えに来た。

「どこで食べるの？」と聞くと、「ホールで」と声を合わせる。

「先生にことわってきたの？」「うん」と小さくうなずく（お昼ごはんは、担任の先生に断わりさえしたらどこで食べてもいいことになっている）。部屋から出てみると、いつの間にかホールの真ん中に、折り畳み式の長テーブルが用意してある。二人のお弁当も並んでいる。私も急ぎ弁当と自前のお茶を持ち、二人の向かいに座る。なぜこの二人は食事に誘ってくれたのだろう、それも誰もいないホールに、と思いながらも短いお祈りをして食事を始めた。二人はだまってお弁当を食べている。静かな穏やかな表情である。ホールは静寂に包まれている。

「二人とも、大きくなったら何になるの？」なんて、その静寂にたえきれず、突然バカな言葉が私の口から飛び出てしまった。

「ごめん！　答えなくたっていいよ、そんなこと誰にもわかりはしないんだから」と言い訳する間もなく、二人は「わからない」と小さく答えて笑った。

「そうだよね、ほんとうにそのとおり！」と、私もまた二人に倣ってだまってお弁当を食べ始めた。


そう言えば、Hは何度か手紙をくれたことがある。「おたんじょうびおめでとう」とか「げんきですか？」とか「いっしょにあそぼうね」とか、時に「すきだよ」とか、逆さ文字もふくめて、折り紙の裏や、画用紙に記されていた。

さらにそう言えば、一度だけNをだっこしたことがあった。昨年の夏、プール開きの日のことである。保護者には前日の「園だより」で、「明日からプールを始めます。プール遊びをしたい子どもたちには水着を持たせてください」と連絡済みである。

一〇時過ぎ、大きなビニールのプールに水が張られ、子どもたちは一斉にプールに飛び込み、歓声をあげながら水をかけ合っている。ところがただ一人Nが、園庭に面する廊下で、水遊びをする子どもたちを、立ちつくしたまま、じいっと見つめている。何分も何分も！

風邪でも引いたのかと思っていると、突然Nの肩が大きく揺れ始め、目に涙があふれ、わぁーっと全身で泣きだした。私は急ぎNのもとにかけ寄り、だっこした！　初めて見たNの涙であったし、初めて聞いたNの泣き声であった。Nは私の肩に顔をおしつけて泣き続けた。

「Nちゃん、風邪引いているの?」。Nは強く頭を横に振る。

「水着忘れたの?」。Nは泣きながらうなずく。

「明日プールに入れるから、大丈夫だよ!」(全くその時もなんてばかばかしいことを言ってしまったのだろう!)。

Nはますます大声で、ただただ全身をふるわせながら泣くばかりであった。それから小一時間後、ようやく泣き声と震えは少しおさまり、そっと廊下におろしてやると、担任のT先生が寄ってきて、「Nちゃん、さっきお母さんに電話しておいたから。そろそろ水着を持って来てくださるよ!　すぐにプールに入れるからね!」と言った。ほどなく、娘に水着を持たせることを忘れた母親がやってきて、お弁当の前の少しの時間であったものの、Nは水浴びに興じることができたのである。

この三人での食事は、お手紙の代わりなのだろうか、そして、だっこのお礼なのだろうか?

主よ、どう思われますか?　私にはわかりません。ただ、久しく、Nちゃんの流したあんなに大きな、あんなに混じり気のない、あんなにふっくふっくと湧(わ)きでてくる涙に会ったことがなかったので、思わずだっこしてしまったのです。でもどうもそのことと、今回の招待が結びついているとは思えません。一年半の歳月は長すぎるように思えます。Hちゃんのお手紙だって、小学校に入ってからまた送ってくれればいいだけです（図々しい言い方ですが！）。

それとも、彼女たちがこれからいく度も経験しなくてはならない別れの練習？　あるいは、HとNのお母さんがそっと二人にアドバイスしてくださった別れの作法？

いずれにせよ、緊張した、不思議な、うれしい、食事でした！　主よ、このような食事をご用意くださったことに心より感謝いたします。どうぞこの二人に、よろこびと悲しみのないまぜになった、豊かな人生をお与えください。

アーメン

Kちゃんのひと言

主よ、あと二週間で卒園式です。つい先日、年少組のK子ちゃんに、思いがけないことを問われました。
ガラス瓶（びん）に水と砂を混ぜたジュースを作っていたKちゃんが、突然「園長は大きくなったらなんになるの？」と聞いたのです。私は思いがけない言葉にうろたえ、とっさに、しぼりだすように、「園長！」と答えたのですが、Kちゃんは「園長でなくって、ほんとうのお仕事！」と怒って再度問いかけます。私は思わず、あなたのおられる天を仰ぎ見ました。

どうやら園長は仕事ではないらしい。たしかにKちゃんが登園するころ、私はもう他の子どもたちと遊んでいる。そして彼女が帰る二時半ころまで、いろいろな子どもたちとの遊びは続く。一日遊んでいる仕事なんてあるものか、と彼女が、おそらく自分の父親の日常を見てそう思っても無理からぬ話である。それはそれでいい。だが、私がうろたえ天を仰ぎ見たのは、K

ちゃんの言葉に、突然中原中也の詩「帰郷」の一節が思い出されたからである。

あゝ　おまへはなにをして来たのだと……
吹き来る風が私に云う

全く、七八年間私は何をしてきたというのだろうか。そしてこれから何をしようとしているのだろうか、まだ何かをしなくてはならないのだろうか……。それを「吹き来る風」ではなく、優しいKちゃんの口を借りて、主が私に問いかけられた、そう感じたのである。

実はそれだけではない。チェーホフの『桜の園』の終幕の、下僕フィールスの「一生が過ぎてしまった。まるで生きた覚えがないくらいだ……」というセリフまでが頭に浮かんだのである。一瞬の間の出来事である。

呆然と立っていると、園庭の隅にあるブランコから「園長またあれやって！」という声が響いた。年中組のN君とO君が叫んでいる。「あれ」というのは、ブランコの前の柵に私が立って手を高く挙げ、彼らのこぐブランコが手のひらまで届けば合格、というゲームである。子どもたちはその遊びが好きで、くり返しせがむ。

しめた、とばかりKちゃんに「ちょっと待っていてね」と言って彼らのところに行き、数回遊んだところで「もう今日はこれまで」と戻りかけると、「明日もやって！」と口々に叫ぶ。そのうち、「死ぬまでやって！」というN君の声が追いかけてきた！　Kちゃんのところに戻ると、彼女はジュース作りをやめて、仲間と「氷鬼」をやっていた。

主よ、子どもたちの言葉はいつも私の心を穿ち続けます。

主よ、それにしても、人間にとって仕事って、一体何なのでしょうか？

一回きりの真剣勝負

主よ、私にとって一日で最もうれしい時間は、朝、幼稚園の外門を開け、園児たちを迎える時です。凍(い)てついていようと、雨が激しかろうと、真夏の太陽がぎらつこうと、彼らの顔さえ見れば、心に灯(ひ)がともるのです。「幼児の如(ごと)くならずば、天国に入るを得じ」（マタイによる福音書一八章三節、文語訳）。その深い意味がようやくわかりかけてきました。

毎日園児たちと遊び、絵本を読んでやっていると、一体彼らが日々どんなに遠くまで、軽々と出かけ、遊び、帰ってくるか、あらためて思い知らされる。平気で宇宙の果てまで、地の底まで、人の心の深層にまで、さらに驚くべきことに、動物たちの世界に、彼らと会話をしながら入りこんでいるのである。

あわてて、子どもたちに負けまいと（この感覚は園長になってから強く感じるようになったのだが）、虫を捕まえたり育てたり、アフリカまで飛んで、動物たちに挨拶をしてきたり、時には物語を書いてまで、彼らの心に近づこうとするのだが、どうあがいても、子どもたちのダンゴムシやザリガニや、アゲハやクワガタ、カブトムシに対する一体感には及ばない。最初から白旗である。

おそらく、園児にとって日々の体験のほとんどが、「お初(はつ)」なのである。経験でものを言ったり、行動の基準にしたりすることはまずない。そもそも時間に関する感覚がおとなと全く違う。例えば私たちは、美しい風景を見ると、時よ止まれ、と言いたくなる。時間を水平に、流れ去るものとしてとらえているからである。愛も、よろこびも、悲しみも、生まれ、成熟し、そして消えていくという認識からである。

時々私は、泣き止まない園児を抱き、「もう泣くのはやめなさい」と言う。人生には、もっともっと辛いことがいっぱいあるんだからね、と言外に匂わせながらである。無論子どもたちはかえって大泣きする。

子どもたちにとって、時間は決して流れ去るものではなくて、いつも今、今が永遠なのである。彼らは水平ではなく垂直の時間に生きているのである。愛も、よろこびも、悲しみも、消え去るという感覚などない。いわんや、時が傷を癒す、などという感覚は全くない。常に一回きりの真剣勝負なのである。

主よ、あなたの愛する「お初」と「垂直の時間」に生きる園児たちに、私は嫉妬に似た感情を抱いています。でも、それはおそらく憧憬(しょうけい)なのです。最早一回きりの真剣勝負など、夢でしかない私にとって、彼らによりそい、遊び、時に絵本を通して、世界の水先案内をすることが、あなたへの精一杯の祈りです。天国に入るを得じ、であったとしても。

アーメン

コロナ禍の中で

主よ、二〇二〇年春、かくして園長四年目を迎えようとしているのに、新型コロナウイルスのおかげで幼稚園は休園。自粛生活を送っております。そうでなくとも私は、糖尿病・高血圧・齢八〇と、どうやらコロナ君の方から見れば三蜜のそろい踏みで、ママレード作りに精出して静かな時を楽しんでおります。三〇名の新しい子どもたちが入園して、一体どんな個性と会えるのか、彼らとどんな遊びが楽しめるのか心おどらせていたのに、まったくもって残念至極です！

宿直や、ちょっとした用で森閑とした幼稚園に行っていると、昼下がりに、かならず園の裏門から大声で「こんにちは！」と叫ぶ子どもがいる。年長組になったばかりのKである。お母さんと、乳母車に乗っている妹と三人での散歩らしい。こちらも二階のベランダにかけ寄り「元気にしているの？」なんて返す。

「幼稚園にまだきちゃだめなの?!」「まだだめだよ!」

「今度は負けないからね!」「ぼくだってカラダ鍛えているんだからね!」

「またね!」、なんて叫びあって、Kは散歩をつづける。

Kは「たたかい」の好きな子である。絵を描いていても、積木遊びや、宇宙船ごっこをしていても、私の姿を認めると、「園長が来た!」と、挑みかかってくる。二、三名の仲間と共に、砂を投げつけたり、足蹴りをしたり、勇猛果敢（ゆうもうかかん）に襲ってくるのだが、いかんせんちょっと細めであまり力はない。それでも手元がくるって私の頭に砂をかけてしまったり、タイミングよく挙げたつま先が私の脛（すね）にあたり、かすかな出血におよぶこともある。

「頭には砂かけるなと言っただろ!」とか「いててて!」とうめく前に、Kは「ごめんなさい!」と真顔で謝る。いつも、「そのくらいのことであやまるなよ!」と言いたいのだが、タイミングが絶妙で、それを言葉にする暇（いとま）をくれない。

時に、捕まえて後ろ向きにして両手を交差させ、手首を握って締め上げるのだが、たいがいはその前に逃げられてしまう。足が早く捕まえられない。逃げてしまったのかと安心していると、そっと後ろからやってきて、また砂をかけたり足蹴りをしたり……。どうしてハイエナのようにしつこく襲ってくるのがそんなにおもしろいの? と聞いてみたいのだが、園が再開されれば、また意気揚々と襲いかかってくるに違いない。ほんの少しばかり、しかしまちがいなく、強くなって。また戦おうぜ、K！

主よ、ここに七〇名の子どもたちがいます。驚きあきれるほど異なる子どもたちです。一人の子どもから学んだことが、他の子どもたちにもそのまま通用するなんてことは、まったくありません。遺伝子も違えば、育ってきた環境も、違うのです。いや、そんなわかりきったことではなく、これはもう、あなたが人間をそうお創りになったとしか思いようがありません。この異なる子どもたちに、私のできることなど微々たるものでしかなく、彼らに私が必要でないことも、思い知らされてきた三年間でした。

でも、主よ、私には彼らが必要なのです。やがて、あなたに呼ばれた時、私にできることは、彼らの名前を呼びつつ、それぞれどんなに違っていたかを報告することだけです。み心にかなうのならば、もう少しここに居させてください！

アーメン

Ⅱ　今日の祈り

どうして　みんなはあんなに

年少組のみんなと一緒に
ぼくは　去年の四月　麗和幼稚園に入りました
それから毎日　みんなのことを
目をまん丸くして　見てきました

どうして　みんなはあんなに　ダンゴムシがすきなの？

どうして　アリも　テントウムシも
アゲハや　カブトムシや　ザリガニも　あんなにすきなの？
どうして　みんなはあんなに　泥あそびがすきなの？
かたいお団子を作ったり　ケーキを作ったり

アイスクリームやカレーライスを作ったり
どうして　みんなはあんなに　園庭のブドウやカキがすきなの？
ドングリがすきなの？
ブランコや　すべり台や　ツリーハウスや　手押し車や
たたかいがすきなの？
どうして　みんなはあんなに　水あそびがすきなの？
ホースでともだちや先生に水をかけたり
プールで遊んだり　長い深い川を作って水を流したり

それに、どうして　みんなは
あんなに　お母さんとお父さんがすきなの？
お迎えに来たお母さんとお父さんにとびついていく
お迎えがおくれると泣きべそをかく……！

ぼくは　ほんとうのことを言って
お祈りのときに　にげだす子ども

おひるごはんのときや　かえる時間に
まだ　あそんでいる子ども
あそびのあとかたづけをしない子どもをつかまえて
おしりをぺんぺんしたくなります

でも　どうして　園の先生は　いつも
みんなひとりひとりに　やさしい言葉をかけて
抱きしめてくださるのだろう？
どうして　ほんとうに　どうしてなのだろう

家に帰ってから　ぼくは
その日の　たくさんのどうして　を考えます
でも　よくわかりません
ただ
みんなと同じように　小さかったころ
虫がすきで　泥あそびがすきで　水あそびがすきで

お母さんお父さんがすきでした
それを思うと
なんだかうれしくって　たまらなくなります
そしておもわず
神さま　ありがとうございます　って言ってしまいます

今日　みんながもらうカードには
初めに、神は天地を創造された　って書かれています
きっと　それは　このうれしい　たくさんの
どうして　があることを
みんなのあそびをとおして　そっと
神さまが示してくださっている　ということなのだと
ぼくは　そう思っています
だからぼくは　毎日スキップしながら
みんなに会いに　園にやってくるのです

神さま
また今日も　子どもたちのみんなが
あそんで　あそんで　あそんで
これ以上　あそべないほど　あそべますように
どうぞ　おみちびきください
アーメン

みんなが園へくる前に

ぼくはみんなのこと　ひとりひとりが　すきです
だいすきです
ぼくと同じように　いいえぼくよりも
もっとみんなのこと　ひとりひとりが　すきなひとたちがいます
さくらぐみ　ひまわりぐみ　うめぐみの先生方と　副園長先生です
そして　先生方と同じように
いいえ　ぼくや先生方よりももっと
みんなのことがすきなひとたちがいます
みんなのお母さんとお父さんです

先生方はいつも

みんなが毎日いっぱいあそんでいるかどうか　心配しています
けがをする子がいないかどうか　心配しています
絵本をたのしんで聞いたかどうか　心配しています
けんかをしていないかどうか　けんかをしても
なかなおりしたかどうか　心配しています

お母さんとお父さんは
みんなが幼稚園にきて　あそんでいるあいだも
絵本を先生に読んでいただいているときも
お祈りをしているときも
おべんとうを食べているときも　みんなのことを心配しています
ねむっているときだって
心配で　みんなの寝顔をみています
みんなのことを　愛し　守っているのです

だから　先生方も　ぼくも

いつだって　あんしんして
みんなとあそび
絵本を読んであげる　ことができるのです

でも　ときどき　先生方も　ぼくも
とても心配になることがあります

もしも　もしも
みんなのお母さんが風邪をひいて
お父さんもお腹がいたくて　動けなくなってしまったら
もしも　もしも
お母さんとお父さんが
怪我をして入院してしまったら……
それを考えると　心配で心配で　夜もねむれなくなります

みんなは　みんなが朝　園にやってくる前に

先生方が　なにをしているか　知っていますか
先生方はあつまって　お祈りしているのです

神さま
これから子どもたちが園にやってきます
どうぞ元気でたのしい一日をすごせますように
風邪をひいて休んでいる子どもたちを
早く元気なからだに　もどしてやってください
そして
子どもたちを園につれていらっしゃる
お母さんお父さんが
今日も　明日も　あさっても
お元気で　子どもたちを守ってくださるようにって
いっしょうけんめいお祈りしています
すると玄関で　みんなのおはよう　っていう声が

聞こえてくるのです

では　今日のお祈りをしましょう

わたしたちみんなが心から愛する神さま
今日も　子どもたちが礼拝にあつまりました
子どもたちが　今日もたくさん
お友だちと一緒に　あそべますように
そして　子どもたちのお母さんお父さんが
今日も　明日も　あさっても
お元気に　子どもたちを守ってくださいますように
このお祈りを
イエスさまのお名前を通して
み前にお捧げいたします

アーメン

子ウサギから教えてもらったこと

みんなは　この前　大宮第二公園に遠足に行ったことを
よくおぼえているでしょう
「はないちもんめ」や「どんどんばし　わたれ　さあわたれ」を
歌ってあそんだり
坂をお母さんと転がったり　「がらがらどん」ごっこをしたり
草原をかけ回ったり　虫を探したりしたよね
楽しかったね！
お母さんお父さんと食べたお弁当も　おいしかったね！
みんなは　この前の遠足の時
公園で捕まえた動物を家にもって帰ってはいけません　と

先生に言われたことを覚えているでしょう
でも、どうして持って帰ってはいけないって
先生がおっしゃったか覚えていますか?
公園が動物のお家だから、って
先生はおっしゃっていたでしょう

むかしむかし
ぼくがみんなよりも少し大きい小学生だったころ
長い時間蒸気機関車に乗って
山の大きな草原に遠足に行ったことがありました
みんなと同じようにそこで一日たっぷりあそんで
さて夕方、
先生が　そろそろ帰りますよと　おっしゃった時
目の前の草かげに　手のひらに乗るくらいの
子ウサギが　かくれているのを見つけました
「野ウサギの子どもがここにいる!」って

ぼくはさけびました
みんなが走りよってきました
子ウサギは震えていました
「お母さんがそばにいるかもしれない！」って
またぼくはさけびました
みんなであたりをさがしたのですが
お母さんウサギはいませんでした
このままでは　キツネか　イタチに
食べられてしまうかもしれない！
そう思いました

そしてその時　ぼくは突然
どうしてもこの子ウサギを　自分の家に連れ帰りたい
家で飼いたいと思ったのです
それでそっと　両手でくるむように　子ウサギをだきました
子ウサギのふるえが　手のひらに伝わってきました

ぼくはそのまま　帰りの汽車に乗りました

時々　子ウサギのふるえが　手のひらに感じられました
でも　しばらくすると
そのふるえはすくなくなり　子ウサギは動かなくなりました
手のひらをあけてみました
子ウサギが息をしているかどうか
もう　ぼくにはわかりませんでした
そのうち　子ウサギは
「きー！」
とからだをふるわせ叫んで
すっかり動かなくなってしまいました

ぼくはしばらく子ウサギを
手のひらで包んでいたのですが

汽車が鉄橋を渡った時　川に落としました
だれにも知られないように　そっと

これが
ぼくと子ウサギの物語です
ぼくは　今までその子ウサギのことを　忘れたことがありません
今では
あの子ウサギを　あの草原にそのままおいてきてやったら
そばにかくれていたお母さんが
きっとウサギの家に連れ帰っただろうと思っています

大宮第二公園の動物たちの家は
やっぱり大宮第二公園なのです

神さまからのプレゼント

今日みんながいただくカードには
「イエスはパンを取り、感謝の祈りを唱えてから、
座っている人々にわけあたえた」と記されています

イエスさまのお話を聞きたくて　五千人もの人が集まっていました
サッカー場や野球場がいっぱいになるほどです
ところが　みんながお腹を空かせているのに
食べるものがありません
子どもの持っていた　パン五つと魚が二匹だけしかなかったのです
すると　イエスさまは　そのパンと魚を
みんなにわけてあげたというのです

そんなことが　ほんとうに起こったのだろうか
どうして　イエスさまにそんなことが　できたのだろうか
あんまりふしぎで　僕にはわかりません

でもふっと僕は
みんなの好きな　この幼稚園の庭、園庭を思ってみます
もう少しすると
みんなが毎日登って遊んでいる梅の木に　花が咲きます
年長のみんなが卒園して
年少の子どもたちが入ってくると　桜が咲きます
それから少しすると　柿の葉っぱがでてきて
副園長先生が　やわらかい柿の葉っぱをさっと
油で揚げて　食べさせてくださいます
ブドウも　みかんも　キウイも　びわも　ケヤキも
やさしい葉っぱを　いっぱい茂らせます
タイサンボクや　金木犀は　夏から秋にかけ花を咲かせ

やがて　ブドウと柿は　おいしい果(み)をならせ
みんなの口に入ります
ツリーハウスの上のシラカシは
沢山のドングリを　庭中に落としてくれます

みんなはドングリでいっぱいあそんだねえ
なんて　うれしくて
不思議なこと　なんだろうと
僕はいつも思います

それだけではありません
もう少し暖かくなると
みんなの友だちの
ダンゴムシが　庭のあちこちであそび始めます
アリも　地面をせっせと走り始めます
テントウムシが　葉っぱの上でアブラムシを探します

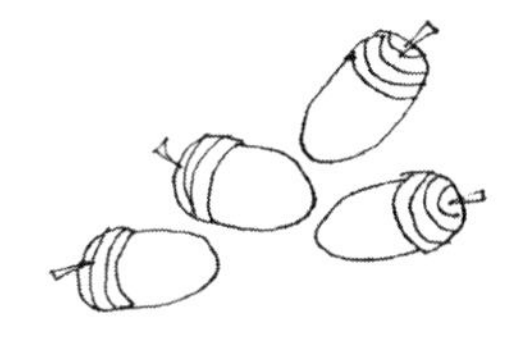

ミカンの木には　アゲハの幼虫が　もこもこはい
地面の中では　カナブンや　コガネムシの幼虫が　からだを縮めています
やがて
アオスジアゲハや　モンシロチョウ　オニヤンマに　赤トンボ
それに　ミツバチや　スズメバチも　飛んできます
カマキリも　カミキリムシも　飛んでくることがあります
それに　たくさんのセミが　じーじー　鳴き始めます

ブドウが実ると　カラスがやってきます
柿の実を食べに　ヒヨドリが　ムクドリが
オナガが　シジュウカラが　メジロがやってきます
この間　二階の先生方の部屋からのぞいていたら
キツツキだって　やってきました
いいえ　みんなが帰った後には
セキレイや　ヤマバトや　スズメもやってきて　種や実をつつきます
大きなシラカシは　小鳥たちの隠れ家

遊び場になっているのです

僕は
園庭の木々も　虫たちも鳥たちも　どれもこれも
神さまからの　みんなへの
プレゼントだと思っています
大きな建物に囲まれた　こんなに小さい園庭に
こんなに　沢山の贈り物をくださっているのです
少ないパンと魚を　五千人の人々に与えてくださったように！

ほんとうに不思議で
なんてうれしいことなのだろうと
神さまに　僕はいつもわくわくしながら　感謝しているのです

神さま
今年も葉っぱや　花や　木の実や果物

それに虫や蝶々やトンボやセミ
沢山の鳥たちを
わたしたちの園庭にお与えください
このお祈りを
イエスさまのお名前を通して
み前にお捧げいたします　アーメン

おいで子どもたち――初めて陪餐（ばいさん）する子どもたちへ

おいで子どもたち
今日は　あなたがたが
はじめて教会で　パンとぶどう酒をいただく日

顔をあらって　歯をみがいて
すこしおしゃれをして
おいで子どもたち
小鳥たちといっしょに　日の光の中を

おいで子どもたち

もう二千年も前のこと

「子どもたちを　わたしのもとによこしなさい
子どもたちのひとりでもつまずかせる者は
大きなひきうすを首にかけられて
海の深みに沈められるほうが　まだその人のためになる」
と言って　ほほえみながら
いつも子どもたちによりそっておられた方が

弟子たちとの最後の晩餐で　パンを裂き
「取って食べなさい
これはあなたがたのために与える　わたしのからだです」
そして杯を取り
「このぶどう酒を飲みなさい
これは罪が赦されるように
あなたがたのためにながすわたしの血です」

と言いのこして　天に帰られました

おいで子どもたち
今日は教会で　そのパンとぶどう酒をいただく日です
どこにでもある　ふつうのパンと
ふつうのぶどう酒ですよ

けれども二千年もの間　数えきれないほどの人々が
そのパンを食べ　そのぶどう酒を飲むことによって
その方
イエス・キリストに　つながろうとしました

おいで子どもたち
今日いただくパンとぶどう酒には

その数えきれないほどの人々の
悲しみとよろこびの思いが　とけこんでいるのです

子どもを亡くしたひと　争いや災害で家族を失ったひと
あと何年かの命と告げられたひと
心ない言葉を投げつけられたひと……

そして　重い病や苦しみにたえているひと……
愛するひととようやく結ばれたひと
傷つけあった相手と仲直りできたひと
だれかに愛されているとはじめて知ったひと

みんな　ひとりでは悲しみに耐えられなくて
そして　よろこびをだれかに伝えたくて
いっしょに悲しみ　いっしょによろこんでくれる方を求め

そう　たくさんの人々にとりかこまれながら
たったひとりの女性の
おずおずと自分の衣に触れた　指先のかすかな震えを感じ
その女性の悲しみの全てを受けいれ　癒された
イエス・キリストに　つながろうとしてきたのです

おいで子どもたち
今日はあなたがたが
はじめて教会で　パンとぶどう酒をいただく日

沢山のひとの
沢山の悲しみとよろこびを　知りはじめる日
その悲しみとよろこびを　そのまま受けいれる
イエス・キリストに　まっすぐにつながる日

あなたがたが　今も　これからも
一人ではないと感じる日　そして
イエス・キリストを　この世に送ってくださった
神様に感謝する日なのです

おめでとう

顔をあらって　歯をみがいて
すこしおしゃれをして

おいで子どもたち
小鳥たちといっしょに
日の光の中を

Ⅲ　愛書探訪

生きる指針となった物語

ドラ・ド・ヨング『あらしの前』『あらしのあと』

（吉野源三郎訳、岩波少年文庫）

この、オランダのお医者さんファン・オールト一家の物語、『あらしの前』『あらしのあと』が初めて私たちの国に紹介されたのが、一九五一年と五二年、もう半世紀以上も前のことです。その半世紀以上前に、少年だった私がこの物語をどう読んだか、それをこれから少し記してみようと思います。

私は小学校の五年生でした。それまでほとんど何も知らなかったオランダが、突然この物語を通して、遠い国ではなくすぐそこにある国として私の前に現れました。たしかに、住んでいる家も食べ物も、学校の制度も違いました。寝床だって、たたみの上とベッドの差はありました。けれども、お父さんとお母さんは、私の父や母と同じように、働き、家を支え、子どもたちを愛し、子どもたちは、これもまた私たちと同じように、笑ったり、泣いたり、怒ったり、悩んだりしながら、一生懸命に生きていました。

社会事業学校で勉強しているミープ。一日中ピアノを弾いているヤープ。まだ自分が何をしていいのかわからないヤン。内気な、しかし芯の強いルト。いたずらざかりのピム。そして生まれたばかりの赤ちゃん。私は三人兄弟でしたが、なんだかこの一家はとても私の家族に似ていると思いました。次男のヤンなんて、私と同じように勉強が嫌いで、成績表を親に見られるのを何よりも恐れていました。これは私の物語だ。私はすぐにそう思いました。

けれども、私がこの物語を私の物語と思ったのには、もうひとつ別の理由がありました。それは、ファン・オールト一家と同じように、私の家族も、第二次世界大戦を経験し、住んでいた町を焼かれ、食べ物にも着るものにも不自由しながら、戦後、何とか希望を持って生きていこうとしていたということです。私の故郷の新潟県長岡市は、アメリカ軍の爆撃で旧市街地の約八〇パーセントが焼け野原になり、多くの人が亡くなりました。戦争が終わってから六年、落ちついた日常生活が戻り、町は少し活気づき始めてはいたのですが、まだバラック建ての家が多く、着ているものもつぎはぎだらけで、食べ物も、魚といえばたいがいイワシで、肉も豚の細切れが野菜の中に少し入っている程度。給食のミルクは、アメリカ軍お下がりの脱脂粉乳でした。戦争で家族を亡くした友人たちもいました。ファン・オールト一家をおそった戦争は、決して遠い国でおこったのではなく、私たちをおそった戦争でもあったのです。

一九四〇年五月、オランダはあっという間にナチス・ドイツに占領されました。ドイツから逃がれて、オールト家にかくまわれていたユダヤ人少年ヴェルナーは、なんとかイギリス行きの船に乗ろうとして、ミープの車で砲弾の飛び交うロッテルダムの港に向かいました。オランダの町々は爆撃され焼かれました。ファン・オールト一家は一体どうなったのか。ヴェルナーは無事船に乗れたのだろうか。ミープは？　不安の中で私は『あらしの前』を閉じました。

ファン・オールト一家の消息が知れたのは、『あらしの前』を読み終えて三か月後の、一九五二年。待ちにまった『あらしのあと』が刊行されました。その三か月がどんなに長かったか想像してください。『あらしのあと』では、ナチスに占領されてから六年の後のファン・オールト一家のことが書かれていました。戦争はもう終わっていました。お父さんお母さんは戦争の前と同じように、子どもたちを愛し、日々の生活に勤しんでいました。お手伝いのヘーシェと犬のケースも元気でした。子どもたちは、それぞれが戦争で心に深い傷を負いながらも成長していました。ミープはお母さんになり、ヤープはあいかわらずピアノを弾いていました。でもヤンは亡くなっていました。六年前にようやく自分の進むべき道を見つけたところだったのに。ヤンの死を知ったとき、私は思わず本を閉じてしまいました。決して取り返すことのできないことが、六年の間の一家に起こってしまっていたのです。

ピムは、なんだかヤンに似た悩める少年になっていました。そしてルトは、「あたしって、まるでパンクした風船みたいだわ。いきなり空気がぬけちゃったのよ。パーン……スーッ……

ポトリ」と自分の心をおそった戦争によって、何を信じていいのか、どこに生きがいをみつけたらいいのか、すっかりわからなくなっていました。

しかし、六年間消息不明になっていたヴェルナーが、解放軍の兵士としてファン・オールト家にもどってきました。家族とヴェルナーの再会の場面は何と感動的だったことでしょう。今でもよく覚えていますが、この場面を読んでいた時、ちょうど私の兄が夕食だよと呼びにきました。私は「ヴェルナーが帰ってきたところだからだめ！」と興奮して叫んでしまいました。

ヴェルナーに会えたことにより、ルトの心にもようやく希望の灯がともりました。そして彼の友人のクラウスに、しぼみかけていた絵の才能を認めてもらい、小さなモミの木の根もとに身を投げ出してささやいた「ヤン、あなたのいったとおりよ。ヤン、あなたのいったとおりだったわ」というルトの言葉は、失おうとしていた大切なものが、よろこびとなってよみがえった瞬間でした。ようやく自分の未来に向かって自分の足で歩きはじめていくルトの姿は、まばゆいばかりに輝いていました。私はすっかりルトに夢中になりました。恋をしたのです。ルトのよろこびは、私自身のよろこびにもなりましたし、勇気にもなりました。

実は、私がルトに出会う一年前に、アジアでは朝鮮戦争が勃発し、戦いは激しさを増していました。ようやく長い戦争が終わって、落ち着いた日常生活が始まっていたのに、すぐおとなりで、また戦争が始まったのです。ファン・オールト一家に出会わなかったら、ルトのことを知らなかったら、私はただ不安におそわれていただけにちがいありません。大丈夫、戦争に反対する人はたしかに大勢いる。私はこの物語を通してそう確信したのです。

物語は、ヤープの演奏会が大成功したところで終わりました。クラウスの、戦争で別れ別れになっていた妹も見つかりました。これ以上ない、心から満足のいく終わりでした。私は、あまりにうれしかったので、作者のドラ・ド・ヨングさんに手紙を書きました。私が読んだ『あらしの前』の初版（一九五一年刊）には、「ファン・オールト家の人たちや、あの人たちの出あったいろんなことをすきになってくれたら……私にお手紙を書いて、それを話してくださいね」とドラ・ド・ヨングさんが書いていたからです。アメリカの住所も記されていました。私は一生懸命書きました。ファン・オールト一家と私の家族がよく似ていること。どんなに物語に感動したか。むろん、ヤンのこと、ルトへの思いなど、書くことはいくらでもありました。長い手紙になりました。でもその手紙を、私は送りませんでした。ポストに入れる直前に、日本語で書いたって通じないと思ったのです。その手紙はずっと私の机にしまわれていました。中学生になり、机の中を整理していた時にその手紙を見つけ、読み返してみて、やはり投函しなくてよかったと思いました。私がせっかく書いた手紙をドラ・ド・ヨングさんに送らなかったのは、日本語の問題だけではなかったのです。

ファン・オールト一家は戦争の被害者であったにせよ、まっすぐにナチスに抵抗して戦いました。私の家族も、他の日本の家族同様にたしかに戦争の被害者でした。けれども、同時に、いやそれ以上にというべきだと思いますが、アジアの多くの家族を傷つけ、ばらばらにしてしまった加害者でもあったのです。私の父も母も、国の政策を信じ、それを支持した国民でした。そのことだけは五年生の私にもよくわかりました。私の書いた手紙には、それがすっぽりとぬけていたのです。被害者であり加害者であったその事実を認め、そこからしか歩いていってはいけない。いかなることがあっても、平和な家族を崩壊させる戦争は許してはならない。私はそのことをファン・オールト一家から教わりました。そしてその二つを心に刻みつけて生きていくことを、ルトに約束しました。

この物語を読んだ皆さんは、さらにもうひとつのことに気づいているだろうと思います。この物語は、アメリカに対する信頼と賛美にあふれています。ドラ・ド・ヨングさんは、ヴェルナーと同じようにナチスから逃れるために、民主主義の国アメリカに渡ったのですから、当然のことです。けれども、過ちを犯さない国はないということを、皆さんはこの五〇年に世界で起こったさまざまなことを学べば、すぐにわかるはずです。大切なことは、私たち一人ひとりが心から平和を望み、私たちの国を、平和を守り通す国にすることです。それは半世紀以上前にこの物語を読んだ私と、皆さんのとても大切な仕事です。

戦争は、これもまた皆さんが知っているように、地球上からなくなっていません。今日も、世界のどこかで、戦争のために人が死に、家族がばらばらにされています。私たちは無力なのでしょうか。いや、ファン・オールト家のお父さんとお母さんは、そしてミープもヤープもヤンもルトもピムも、家族が互いに信頼し、愛し支えあっていることを力に、平和を守ろうとして戦いました。私たちにもそれができるはずです。私たち自身の家族を大切にすることと、他の国の家族を大切にすることによって！　この物語をお訳しになった吉野源三郎さんは、生涯、編集者として世界の平和のために戦った方でした。

私は、ルトに出会って三〇年後にオランダに行きました。街を歩きながら、行き交う人を見ながら、私は懸命にルトを探している自分に気がつきました。私が仕事として子どもの本の編集者を選んだのも、物語を書いたのも、いつも心のずっと奥に、ルトとの約束があったからこそと、強く感じていたからに違いありません。

ドラ・ド・ヨング（一九一一－二〇〇三）オランダ・アルネム生まれのユダヤ人作家。新聞記者としても活躍。ナチス侵攻直前にモロッコに逃れ、米国へ渡るが、母国に残った家族を戦争で亡くす。

ハトは「外」に飛び出した

ルーマー・ゴッデン『ねずみ女房』（石井桃子訳、福音館書店）

ある家に小さな女房ねずみが住んでいて、そのねずみは、他のねずみと見かけもすることも同じなのに、どこか違っていました。これ以上何がほしいというのだ、と夫は聞きます。ねずみは、それが何か自分でもわかりません。何かが足りないのです。

そんなねずみの家に、キジバトが捕らえられてきて、ねずみは鳥かごの餌を取ろうとしてハトと口をききます。ハトは、自由に外を飛びまわっていたことを話します。飛ぶってどんなこと。外を知らない家ねずみは聞きます。ハトは翼を広げようとしますが、格子にぶつかり頭を胸にうずめます。

それから毎日、ねずみはハトから外の話を聞くようになります。やがて出産。ねずみは子育てに忙しく、他の事は考えられなくなります。ある日ハトに会いに行くと、憔悴（しょうすい）したハトが、ねずみを翼で抱（だ）きしめます。遅く帰ってきたねずみの耳を夫がかみます。

その夜、ねずみがそっと鳥かごに近づくと、ハトは外を飛びまわっている夢を見ているらしく、時々ルークーと鳴いています。窓の外には森の梢が、月の光をあびて輝いています。ねずみは突然、ハトはあの外にいなければいけない、とさとります。ねずみは鳥かごにとびつき、とめ金をくわえぶらさがり、早く、早く、と歯の間から言います。

ハトが外に飛び出した時、ねずみは力つきて下に落ちます。ねずみはハトの行ってしまった外の星を見ながら、もう誰も家の外の事を話してくれるものはいなくなった。おまけに、子どもはたくさんいるし、私は外の世界を忘れてしまうだろう。でも、自分の目で星を、外を、見ることができた、と涙を払い、誇らしい気持ちで寝床に戻ります。

このねずみの素朴で清冽な生きようは、実にさまざまな解釈を生みだしました。「憧れを抱き続ける力」と言う人もいれば、「遠くを見つめる目」「知恵の悲しみ」「強者の孤独」と読む人、「何故ねずみは外に飛び出さなかったのか」と怒る人、「いや、もう飛び立つ必要のない高みに達している」と弁護する人、そして「たましいの解放」とまで語る人もいます。どの解釈もその通りと思います。物語が、ひとつの確かな「こと」や「もの」を語っていれば、百人の読者がいたら百通りの解釈があるに決まっているのですから。

私に解釈はありません。ただ、この物語を読む時だけは、心身を清め、斎戒沐浴して、姿勢を正し、机に向かって読むことにしています。なんだかぎりぎりとしぼられた弓から、ひょうと矢が放たれるあの一瞬の緊張や輝きを、この物語はいつも感じさせてくれるからです。文体、構成、そしてウイリアム・ペン・デュポアのモノトーンの挿絵が、ついでにいえば製本、紙質にいたるまで、全てが渾然一体となって、このたぐいまれな物語を支え、本というものの美しさを示しています。なによりも、子どもたちに向かって物語を語ることの厳しさを、いつも私に、これでもか、これでもかと、つきけてくるからです。

ルーマー・ゴッデン（一九〇七－一九八）英国の作家。バレエ学校の先生をしていたが、一九四七年に子どもの本『人形の家』を出版してから学校をやめ、創作活動に打ち込んだ。人形や小動物の話が多い。

懐かしい母親の声

セルマ・ラーゲルレーヴ『ニルスのふしぎな旅』（菱木晃子訳、福音館書店）

百年以上前に誕生し、二〇〇七年に、菱木晃子さんによって新たに翻訳された『ニルスのふしぎな旅』の第49章を読んでいた時に、突然涙がほとばしり、嗚咽がもれ、あわててしまいました。こみあっていた東京の山手線での中のことです。

ガチョウのモルテンの背中に乗り、ガンのアッカたちに導かれての、ニルスの心おどるスウェーデンの旅がいよいよ終わる……。あの、すぐれた物語を読み終える前の、よろこびとないまぜになった名状しがたい寂しさは、子どもの頃同様、たしかにありました。けれども、嗚咽がもれたのは、そこに理由があった訳ではありません。一人の作家が、自らつむぎ出した物語に、おずおずと向かい合っている姿そのものを、あえて自らを物語に登場させることによって鮮やかに見せてくれた、その驚きと感動からでした。

ファンタジーの中に作者自身を登場させてしまうことは、禁じ手のひとつのはずです。せっかくこの世の時空から解き放たれ、自由を楽しんでいた読者を、突如日常のしがらみに突き落としてしまうのですから。しかし、ラーゲルレーヴはそれをあえて行いました。

そこに、子どもの本とは無縁だった作者が、国民学校の教師たちに、子どもたちが地理を楽しく学べる本を書いてくれと依頼された戸惑いと、子どもに向けて物語を書くことの難しさ。しかし、それをはるかに超えたよろこびを語らずにはいられなかった、作者の初々しい心を感じ取ることができるのです。

零落（れいらく）し、手放さざるをえなかった幼年時代の家と両親への深い思い、母国の文化と、一九〇〇年代初頭のエコロジーの先がけといってもいい自然へのかぎりない愛。ようやく広がりをみせてきた女性解放運動への期待、子どもの解放を説くスウェーデンの思想家エレン・ケイの『児童の世紀』（一九〇〇年）への共感。いわばこの物語の誕生の秘密、ニルスの、「ふしぎ」で「心おどる」旅の核心が、この章にさりげなく、しかし集約され、濃密に語られているのです。

訳者の菱木さんは、ニルスのたどった旅の跡をていねいに歩いたあと、作者にぴたりと寄り添いながら、まるできめ細やかなタペストリーを編むように、この物語にふさわしい言葉と文体をさぐりだし、五年以上の歳月をかけて日本語に移しかえました。

一九五〇年に日本に紹介されて以来、多くの訳が出されましたが、私は何よりもこの新しい訳文の中に、細やかで、厳しくて、しかも優しく、子どもの成長をしっかりと見守っていた懐かしい自分の母親の声を聞きました。それが涙のほとばしったもうひとつの理由でした。子どもの頃からいく度か読んだ「ニルス」では経験できなかったことでした。

この訳文を得て、そして画家リーベックの挿絵の復元と美しい造本によって、ようやく『ニルスのふしぎな旅』は私たちの国の子どもたちと、数はかぎられているとはいえ、心あるおとなにとって古典となったと言っていいのだと思います。

さらに付け加えれば、スウェーデンの子どもの本の肝心要（かんじんかなめ）の出発点になるこの物語が、ようやくそれにふさわしい形で翻訳出版されたことによって、同じ北欧の児童文学作家リンドグレーンやトーベ・ヤンソンの位置するところもくっきりと見えてきた、と言ってもいいと思います。


セルマ・ラーゲルレーヴ（一八五八―一九四〇）スウェーデンの作家。一九〇九年、女性初のノーベル文学賞を受賞。作品に『ポルトガリヤの皇帝さん』『モールバッカ』など。『ニルスのふしぎな旅』は「ニルス・ホルガションの素晴らしいスウェーデン旅行」というタイトルで一九〇六―〇七年に刊行された。

日常生活にも物語がある

エーリヒ・ケストナー『点子ちゃんとアントン』
（高橋健二訳、岩波書店／池田香代子訳、岩波少年文庫）

この物語を初めて読んだのが一九五〇年、小学校四年生一〇歳の時です。母が日本小國民文庫の「世界名作選1」（新潮社）に収められていたものを読んでくれ、どうやら、そののろさにじれたらしく、途中から自分で読みました。

おそらくそれが、自分で長い物語を読む最初の経験になったように思います。なにしろおもしろかったのです。そのおもしろさは、自分の読む速度でなければ、とうてい味わいつくせないぞと、まるで啓示のように感じられたのでしょう。それからあと、物語を母に読んでもらった記憶はありません。

「点子ちゃん」は「點子ちゃん」になっており、「読む」は「讀む」というぐあいに、習っていたものとはちがう漢字がたくさん並んでいましたし、せっかくのルビ（よみがな）も「好奇心」には「かうきしん」、「夜業」には「やげふ」と付けてありました。つまり旧仮名遣いだったのです。それでも一気に読み終えたように思います。おもしろさに勝る教師などいるわけがないのです。

日常生活がこんなにも心おどる場所であった、ということをまず感じたように思います。普通の生活の中にも、ほんの少し見方を変えれば物語がある、という認識です。その認識はたちまち、一見類型化された、しかしすぐに隣にたしかにいると思わせる、ユーモラスに正確にとらえられた登場人物によって、人間の多様性の認識へと深まっていき、今でも私は、よく身の回りに、この物語に登場したような人を発見しては喜んでいるほどです。

おまけにこの物語には全一六章それぞれのおしまいに、作者自身によるその章へのコメントがついています（高橋健二訳では「反省」、池田香代子訳では「立ち止まって考えたこと」）。意表をつくこの手法は、まるで音楽の対位法のように素朴な物語をにわかに高め、深めていく絶妙な効果をあげ、たちまちにして私は物語の住人になりました。

勇気と蛮勇がどうちがうのか。なぜマリー・アントワネットが、パンを欲しがる飢えた人々に、それならお菓子を食べればいい、などと言ったのか。なぜカンニングをした子ではなく、カンニングされた子が罰せられるなどということがこの世では起こるのか。なんていうことをそこで学び、今でもほとんど諳んじているほどです。つまり一〇歳の少年に、人生を、人間を、世界を、角度を変えて、おまけに少し背伸びをしてしゃれて、客観的に見る術を伝授してくれたというわけです。

さいわいなことに、この年、一九五〇年に創刊された岩波少年文庫に『ふたりのロッテ』が、そして五三年に『エミールと探偵たち』が加えられ、ケストナーはしっかりと私の一部になりました。

二〇〇二年に、NHKの「世界わが心の旅」という番組でケストナーを求め、彼の生誕の地ドレスデンを訪れました。その際、子どもの本専門店で偶然一緒になった、点子ちゃんやロッテやポニー・ヒューチヘンを彷彿(ほうふつ)とさせる一〇歳の少女が、「ケストナーではこの三作が好きです」と、頬を赤らめて言っていました。私の中の一〇歳は、うれしくて飛び上がり、思わず握手を求めていました。

エーリヒ・ケストナー（一八九九―一九七四）ドイツの詩人、作家。子どものための小説の代表作に『飛ぶ教室』など。六〇年国際アンデルセン大賞受賞。

「プリマドンナ」の姿を識別

薮内正幸『野鳥の図鑑』（福音館書店）

先月、小学校・中学校のクラス会が、故郷の新潟長岡市郊外の、二〇〇四年に発生した地震の爪痕（つめあと）もまだ生々しく残る、しかし棚田は青々と甦った山古志の宿舎で開かれました。翌朝、明るみかけた外の気配を感じながらまどろんでいると、となりに寝ていた友人が早くも着替えています。「起きるの？」と聞くと「うん、散歩」と答えます。

私も友人にならい、急いで着替え、宿舎から外にでました。そのとたん、まるでシャワーのように小鳥たちの大合唱が降り注いできました。救急車やパトカーのサイレン、それに、さまざまな電子音に囲まれている私の耳は、その合唱に一瞬違和感を覚えたのですが、たちまち幼い頃からなじみの音楽を受け入れ、聴き入り、ひたりはじめました。

折しも、すぐそばの林で、ギョギョン、ギョギョンと一羽の小鳥がすんだ声で鳴きました。友人はと見れば、声のするあたりを、首からぶらさげた大きな双眼鏡でのぞき、なにやらうれしそうにしています。

「ほら、オオヨシキリだ。あの枯れ枝の、右から三本目の枝の、枝先近く」友人は枯れ枝を指さし、双眼鏡を渡してくれるのですが、残念ながら私には見つけられません。双眼鏡から見える小鳥たちの一体どれがオオヨシキリなのかわからないのです。

「ほら、スズメより少し大きくて、羽はスズメに似ているけど、からだ全体は茶に近いのがいるだろ！」友人は声を殺して叫びます。けれどもその叫びはすぐに、「あっ、飛んでいってしまった！」というなげきに変わります。

朝四時半から七時半までの三時間、山道を歩きながら、この会話はいく度もくり返され、私に確認できたのは、カッコーもふくめ、わずか七、八種だったでしょうか。しまいに私が「姿かたちはわからなくとも、このさえずりを聴くだけで充分」とつぶやくと、「薮内さんのすぐそばにいたのに、よくそんなことが言えるね」と、言われてしまいました。

「一体だれが君の物語の挿絵を描いてくれたのだ。小鳥のさえずりを聴き、歌い手を確認すること、すくなくともその小鳥の姿を思い描けることが、小鳥を愛することじゃないか。エコロジーはそこからしか始まらない」と、たしなめられたのです。

そう言えば、以前訪れた新潟市の海岸近くの青山小学校では、三年生になると、バードウオッチャーの指導のもと、近くの松林で渡り鳥の観察の授業があると聞きました。その時、子どもたちが手にしているのが薮内さんの『野鳥の図鑑――にわや こうえんの鳥から うみの鳥まで』で、プリマドンナをすぐに識別できるようになるのだそうです。

よし、今年の夏は『野鳥図鑑』をいつも身につけていよう。小鳥のさえずりからその姿を思い描けるようになれば、近年、姿をすっかり隠してしまった河童（かっぱ）や天狗（てんぐ）も見えてくるかもしれない。「双眼鏡なしに、ぼくには彼らが見えるぞ」と、バードウオッチャーの友人に自慢（じまん）してやろうと、いささかくたびれ、ねむり足りない頭で思ったのです。

やぶうち・まさゆき（一九四〇―二〇〇〇）大阪生まれ。動物画家として図鑑、絵本、広告など幅広い分野で活躍。一九九二年『野鳥の図鑑』でJBBY（国際児童図書評議会）オナーリスト賞受賞。斎藤惇夫作『冒険者たち――ガンバと15ひきの仲間』（岩波書店）シリーズで挿絵を担当。山梨県北杜市に、日本で唯一の動物専門の美術館「薮内正幸美術館」がある。

新たな世界に驚きとよろこび

トーベ・ヤンソン『ムーミン谷の冬』（山室静訳、講談社）

寝苦しい夏の夜に、ふとひもときたくなる物語が『ムーミン谷の冬』です。幼いころ、だれしも一度はあるように、夜中に目が覚めてねむれなくなることがあります。カーテンから漏れてくる月の光は、昼の光と見まがうほど明るく、外は昼の色彩に変わり、白銀に輝いています。驚いて起きあがると、飼っていた小鳥が鳥かごの床に倒れていたりします。お墓を作らなければ。ぐっすりねむっている母親の枕元で「お母さん、スコップはどこ？」と聞くと、「下駄箱の一番下の段」。母親はねむりながら答えます。

夜中に庭に出て小さな墓を掘る……。これだけでも子どもには大冒険です。今まで知らなかった世界を、たったひとりで見るのですから。いわんや、目覚めたのが真冬で、目を覚ましたのが、冬の間は冬眠しているはずの主人公ムーミントロールだったらどうなるのか。

月は照っているが、一歩外に出てみれば、生まれてからこのかた、一度も見たことも想像したこともない世界が広がっているのです。氷と雪に閉ざされたフィンランドの、冬の夜の風景です。

「ぼくがねむっているあいだに、なにもかも死んでしまったんだ。この世界は、きっと、ぼくの知らない、だれかほかのやつに占領されちまったんだろう……もうこの世界はムーミンのものじゃないんだ」

新たな世界はまず驚きとして、そして吹雪の吹きすさぶ、死の恐怖として、ムーミントロールを襲ってきます。凍死したリスの墓も作らなくてはなりません。けれども冬眠しない仲間に会え、冬にしかいない、この世のものではない生き物たちの姿も見えてきます。ムーミントロールが経験する新たな世界は、冷たく美しく恐ろしいだけではなく、不思議と、よろこびに満ちた世界に変わってきます。出会う生き物たちが、それぞれ彼の手に負えないほど勝手気まま、いや自由な生き方をしていて、せっかく貯蔵しておいた食べ物は、みな食べられてしまうし、初めて出会ったご先祖様のために家の中はごった返しになったとしても。

春を迎えて目覚めた友人が、クロッカスの上に「ガラスをおいてあげましょう。夜中にさむくなってもだいじょうぶなように」と言うと、「自分の力で、のびさせてやるのがいいんだよ。この芽も、すこしはくるしいことにあうほうが、しっかりすると、ぼくは思うな」なんて言えるようになっています。

なにしろ、「ぼくは、一年中を知っているんだもの。一年中を生きぬいた、さいしょのムーミントロールなんだぞ」という認識に達しているし、それに冬眠しながらも、ムーミンママが自分のすべてを見ていたことも、彼は感じているのです。

私たちは刺激と安定を交互に求めながら、誰にとっても、よろこびと不安のないまぜになった人生を、日々生きています。このあたりまえのことを、「ムーミン」はいつも鋭く的確に楽しく物語ります。ムーミンの世界に触れると、私たちは、自分のあるがままの姿、世界の前におののきながら立ちつくしていた自分の心の太初(はじめ)に、ふと気がつくのです。文学の功徳(くどく)、いえ、この『ムーミン谷の冬』は、まずは何よりの避暑の本です。

トーベ・ヤンソン（一九一四－二〇〇一）フィンランドの画家、童話作家。一九四五年『小さなトロールと大きな洪水』を第一作として「ムーミン」シリーズを発表。『十一月末に』まで小説版の原作は全九作。ロンドンの新聞に漫画版も連載した。国際アンデルセン大賞などを受賞。

詩のおもしろさそのものを手渡し

谷川俊太郎『詩ってなんだろう』(筑摩書房)

小学校の四、五年生の時に『赤毛のアン』を読み、アンが詩の朗読・暗唱大会で見事優勝する光景に魅(み)せられたことがありました。どうやら詩を朗読したり暗唱することが、欧米の子どもたちにとっては、野球をしたり魚取りをしたりするのと同じくらいに楽しいことだと知ったのです。同時に、なぜ日本ではその楽しいことが行われないのかとも思いました。

その思いはずっと心の中にひそんでいたらしく、編集者最後の仕事として、これなら、朗読も暗唱も遊びと同じくらいにおもしろい、と子どもたちに感じてもらえるような、日本の詩のアンソロジーを編みたいと思い、茨木(いばらぎ)のり子さん、谷川俊太郎さん、岸田衿子(えりこ)さん、大岡信(まこと)さん、川崎洋(ひろし)さんに選詩をお願いして、二〇〇一年に『おーい　ぽぽんた』(福音館書店)を作りました。五人の詩人のみなさんの、一年にわたる議論は、それだけで心おどるものでしたが、出版されて間もなく、東京のある公民館で開かれた暗唱大会は、公民館をふくれ上がらせた子どもたちの数と、彼らの、言葉のリズムに乗りながらの、詩を全身で楽しむ姿に、深い感動をおぼえました。アンに出会ってから五〇年後に、ようやくかなった夢です。

それにしても、今でも私たちの国の大多数の子どもたちは、詩が苦手です。すぐに、詩＝学校＝教科書＝解釈（分析）と連想するのか、教科書に選ばれている詩がおもしろくないのか、それとも、先生自身が詩を愛していないらしいことを鋭敏に感じとるからなのでしょうか。「教科書にのっているような詩は、もともとおもしろくないんだよ」、あるいは「おもしろい詩も、教科書にのったらおもしろくなくなるものなのだよ」と、子どもたちにそっと伝えたくなりますが、たいがい私たちはその前に口をつぐんでしまいます。

どうやら子どもたちを詩から遠ざけてしまうのは学校らしい、と知っていても、あるいは、詩はその意味を解釈され分析される前に、まず言葉が躍動(やくどう)していて、思わず耳をすませ、口ずさみたくなるもの、と思っていたとしても、じゃあ、詩って一体何なのだろう。子どもたちに伝えたい詩について、自分が何か知っているのだろうか。おまけに、詩について考えることは、どうやら日本語について考えることと同じらしい。などと思いはじめるとにわかに不安が押し寄せてきて、とても自分の手には負えないと思ってしまうのです。

そんな時、私は谷川さんの『詩ってなんだろう』をよくひもときます。「わらべうた」から語り始め、「ことわざ」や「なぞなぞ」に触れ、「俳句」「翻訳詩」「新しい詩」「いろんな詩」

を示し、最後には詩で「詩ってなんだろう」と問いかける、詩の入門書です。いや、詩のおもしろさそのものの中で子どもたちを遊ばせながら、たしかに、詩の広がりや深さを、だれにでも感じさせてくれる詩のアンソロジーです。迷える私たちも、どうやらこの解釈と分析の港から、豊かなたのしい言葉の世界に向かって出航できそうだと勇気をもらい、わが子と、あるいは放課後の子どもたちと、一緒に詩を楽しんでみようかなと思わせてくれる、ありがたい本です。

たにかわ・しゅんたろう（一九三一年東京生まれ）詩人、絵本作家、翻訳家。主な詩集に『日々の地図』『みみをすます』『世間知ラズ』、絵本に『こっぷ』『わたし』、翻訳書に『マザー・グースのうた』など。

子どもの心の「遊び場」紹介
内田莉莎子編・訳『ロシアの昔話』（福音館書店）

旅をしたからって、ろばが馬になって帰ってくるわけがない。あるいは、自分の持っていたものだけを持って帰るのが旅。と信じている私は、旅に出る前に、これから行こうとしている国の歴史や思想や芸術を予習するということはまずありません。

要するに根っこから怠け者なのですが、ひとつだけ旅の前にすることがあります。それは、その国の昔話を読み返すということです。ことに初めて訪れる国は、それをしないと不安で旅立てません。アフリカには『語りつぐ人びと――アフリカの民話』（江口一久ほか訳、福音館文庫）を、夏のアイルランドの旅は、イエーツの集めた昔話をくり返し読んでから出かけました。あの昔話を育んだのがこの土地で、この昔話を語り、聞きつづけてきたのがこの人たち、と思うだけで心休まり、不安は解消するのです。

昔話をとるに足らない夢物語として、子ども部屋に追いやったのは近代のおとなたちでした。

いまだに世界の成り立ちや、人間について何も知らない子どもならば、まあほんの一時期ならば夢の中にいてもいい、と考えたのです。

子どもたちはおとなの思惑などよそに、昔話に夢中になり、愛し、守りました。そこにたぐいまれな心の遊び場を発見したからです。

昔話がおとなの本棚に復帰したのは、ようやく民俗学者や心理学者が、民俗や、人間の成長や、親と子の関係や女と男について、あるいは無意識の世界について考える時、その最も確かな手がかりのひとつが昔話にあると言いはじめてからのことでした。おとなはあわてて、人間を知る道具として紹介された昔話を読みました。昔話はブームになり、ブームはあっというまに去りました。当たり前のことです。昔話は分析や解釈ではびくともせず、そこに遊び場を発見できなければ、消え去る運命だったのです。

けれども、数は少なかったにせよ、昔話に子どもの頃の遊びを確認し、その遊びが心によみがえってくるのを経験できたおとなもいました。彼らはおもしろい昔話を、すぐれた再話や翻訳、挿絵で子どもたちに経験させたいと考えました。『ロシアの昔話』はその筆頭に挙げられる一冊です。

何といっても文体がいいのです。わかりやすく、リズミカルでよどみがなく、しかも温かく、ユーモラスで力強い日本語なのです。子どもたちに、教科書よりも、よほど確かな文体経験をさせている、ウクライナの『てぶくろ』やロシアの『おおきなかぶ』の訳者ならではの見事な仕事です。タチヤーナ・A・マブリナの、奔放（ほんぽう）であざやかで、ロシアを彷彿（ほうふつ）とさせる挿絵も特筆ものです。そして話の選び方がこれまた秀逸（しゅういつ）です。動物ものと魔法昔話が三三話、実にバランスよく紹介されています。しかも、アレクセイ・トルストイ、アファナーシエフなどいく人かの再話の中から、最も子どもにふさわしく、おもしろく、わかりやすいもののみが選ばれているのです。

おとなですら、瞬時に、宇宙に向いていた子どものころの精神を取り戻し、ロシアの大地に立つことができるのです。私は、今度はこの本を胸にロシアに行きたいと思っています。動物たちと、イワンやワシリーサやババヤガーに会うためです。

うちだ・りさこ（一九二八―一九七）東京生まれの翻訳者。早稲田大学露文科卒業。六四年、ポーランドに留学。外国児童文学の翻訳で活躍した。翻訳童話に『りんごのき』『きつねものがたり』などがある。

魔法に満ちた「時」への旅

J・R・R・トールキン『ホビットの冒険』（瀬田貞二訳、岩波少年文庫）

秋も深まると、必ず読み返したくなる物語があります。宮沢賢治の数編、ケネス・グレーアムの『たのしい川べ』、そしてトールキンの『ホビットの冒険』です。賢治とグレーアムの物語は、子どもの頃からいったい、いく度読んだだろうと思うほどで、どのページを開いても、主人公と共におののきながら、未知なる世界に向かい合っていた少年の〈時〉との再会のよろこびにひたることができます。

一方『ホビットの冒険』は、翻訳出版された一九六五年、二五歳の時に初めて読みました。つまり、おとなになってから読んだということなのですが、読み始めると同時に何とも言えぬ懐かしさ、それも、からりと晴れ上がった冬空のような、すんだ、ふるえるような感覚に満たされました。それはまぎれもなく、感受性の祭典・少年の〈時〉のよろこび、ふるえでした。

主人公はドワーフ（「白雪姫」に出てくる小人）よりも小さく、リリパット（『ガリバー旅行記』

の小人）よりは大きい、静かなだんらんと煙草を愛し、冒険など夢見ることすらなかった、平凡なホビットです。ところがある日訪れた魔法使いのガンダルフに、大きな冒険の一員に推されるや、突然、「深い山々へ行ってみたい、松風や滝の音がきいてみたい、洞穴を歩きまわり杖ではなく剣を身につけてみたい」という、心の奥にねむっていた激しいあこがれに気づき、困難な旅におもむくことになります。

時は、ようやく人間がこの世に登場し、動物たちがまだ口をきき、妖精がそこかしこに住み、緑したたる世界全体が、魔法に満ちていた頃の物語です。旅の途中で彼を待ち、あるいは襲うのは、妖精エルフであり、トロルであり、大男ビヨルンであり、巨大なハエやクモ、そしてワシやオオカミたちです。そして彼を守るものは、偶然手に入れた姿を隠す指輪や（この指輪をめぐって壮大な『指輪物語』が誕生します）、闇に輝く名剣。そして旅の目的が、竜に奪われた祖父たちの宝物を奪い返すところにあるとすれば、これはもう、少年の頃に胸おどらせた物語、昔話や神話や伝説やファンタジーの、エキスや断片のすべてが入りこみ、それぞれが見事にまじり合い統合されているということなのです。

しかも、二つの世界大戦を彷彿させるような困難な戦いを終えて帰還する時には、平凡なホビットが詩人にもなっているという、これまたうれしい「ビルドゥングスロマン」（成長物語）になっているのです。子どもたちには今を生きるよろこびを与え、おとなには子どもの〈時〉

と再会させ、よろこびを与えながら省みさせる物語、とでも言ったらいいのでしょうか。
ところで、訳者瀬田貞二さんの『児童文学論』が、没後三〇年の二〇〇九年に福音館書店から刊行されました。これで、『絵本論』『落穂ひろい』（ともに福音館書店）、そして『幼い子の文学』（中公新書）と合わせ、ようやく瀬田さんの書き、語ったほぼすべてを目にすることができるようになったのです。通読するに、瀬田さんが子どもの文学への最もすぐれた導き手であることに改めて感銘を受けると同時に、昔話、なぞなぞ、神話、ファンタジーなどについての記述が、『ホビットの冒険』を訳すのにいかにふさわしい人物であったかを物語っており、胸が熱くなります。

J・R・R・トールキン（一八九二―一九七三）英国の作家、言語学者。オックスフォード大学の教授となり、中世の英語学と文学を教えた。『ホビットの冒険』の続編『指輪物語』三部作でも知られる。

「一度だけ」の美しい作品

モーリス・ドリュオン『みどりのゆび』（安東次男訳、岩波書店）

いつも身近に置いておきたくなるような美しい本、愛蔵版『みどりのゆび』が二〇〇九年に復刊されました。最初に翻訳出版されたのが一九六五年で、ここしばらくは、少年文庫でしか読むことができなくなっていたものです。墨一色だった六五年版の挿絵に、この愛蔵版はカラーの口絵が多く添えられ、判型（本のサイズ）は少し小さく、すっきりとしました。フランスの軽妙で洒脱で美しい物語が、内容にふさわしい顔になって再登場したという趣です。

この本を子どもの本棚に置くかどうかをめぐって、いろいろな議論があるようです。主人公チトは、植物や動物が好きで、学校が苦手な少年です。なぜ動物たちが動物園に閉じ込められ、世の中には貧しい人がいて、犯罪者たちは冷たい牢獄につながれ、それに、おとなは戦争をするのかとても不思議に思っています。

これは子どもの頃にはだれもが感じた疑問で、チトが子どもの本の主人公になる資格は十分に持っています。ただ、チトが「緑の指」を持っていて、彼が指で触れると、しぼんでいた花がにわかに元気になり、植物の生えていない土地にも植物が育ち、花が咲きます。それだけでなく、故郷から拉致されてきた動物たちの檻には彼らの故郷の植物が生え、貧しく不清潔な街の一角は花の咲き乱れる公園になり、牢獄には、だれも脱走など思いつかないほどに美しい花々が咲き、石油をめぐって戦争勃発と思いきや、武器製造業で大金持ちのチトの父親が輸出した大砲からは、砲弾のかわりにバラの花が飛び出す、というところまでいくと、首をかしげる読者もいるかもしれません。

　そして、主人公が最後に、野原に高い二本の樹を生やし、樹にツタをからませ、天に昇っていき、あとで、チトの親友の仔馬の食んだ草のあとを見ると、彼が天使だったとわかる終章を読むと、甘く浮世ばなれした、子どもだましの、いや、成熟していない〈おとなだまし〉のお話と思ってしまう人もいそうな気配です。

　そんなものを子どもの本だと言ってはならぬ、子どもたちが向かい合っている世界は、深刻で深遠なのだから、いくら著者が、フランスの文学賞のゴンクール賞を受賞し、第二次世界大戦中に抵抗の戦士でもあったドリュオンだとしても許すわけにはいかない、とかたくなに主張する声も聞こえてきそうです。

　然り然り、否否、としか言いようはありません。私はゴンクール賞を受賞したあと、流行・

通俗作家となったドリュオンが、たった一度しか経験できず、しかも、決して取りもどすことのできない少年時代を、ペンでなぞることによって、取りもどそうとした作品なのではないだろうか、あるいは、ひょっとして、作者は愛するわが子を亡くしてしまったのではないか、主人公を「天使でした」と記すことによって悲しみに耐えようとしたのではあるまいか、などと思ったりもするのです。

人がたった一度だけ、自分と子どもたちにむかって書くことを許されている作品。白鳥の歌。私にはそう読めます。軽妙で洒脱で美しく、すこし物悲しい、私の本棚には欠かせない作品です。

モーリス・ドリュオン（一九一八―二〇〇九）フランスの作家、元文化相。第二次世界大戦中、ナチスのフランス占領に対する抵抗運動に参加し、終戦後に作家デビューした。小説『大家族』でゴンクール賞を受賞。反戦童話『みどりのゆび』は映画化もされた。

自然の中で遊ぶ大切さ

河合雅雄『少年動物誌』(福音館書店)

新年早々、大層うれしい経験ができ、まだその余韻にひたっています。実は一月の六日と七日に、兵庫県丹波篠山で、私の関係する小樽絵本・児童文学研究センター主催のセミナーが開かれました。そのテーマが『少年動物誌』についてであり、著者の河合雅雄さんと、物語にいく度も登場する河合さんの弟さんが、この本の編集をした荒木田隆子さんの質問に答えながら、物語を書くにいたった動機や背景についてお話しくださったのです。パネラーとして私も参加させていただきました。

一九七六年に、この丹波篠山の自然の中で少年時代をすごした著者の、動物たちとのふれ合いを一〇の短編に描いた物語が出版された時、私は古典となることが十分に予測できる質を持った作品が誕生したと思いました。理由は簡単なことで、抑制のきいた、鋭利で正確な、しかも温かい文体で、あるがままの少年があるがままに描かれている、少年を少年たらしめているもののほとんどすべてが、表現されていると感じたのです。

時を経て読み直してみてもまったく同じ感想でした。少年時代の回想記や物語に人知れず忍びこむ感傷は皆無です。登場する動物たちは、モルモットだったり、裏やぶにすんでいて夜な夜な恐ろしい声をあげるムササビだったり、夢と現実のはざまに見たイタチだったり、小さなタヒバリだったり、あるいは昆虫だったり蛇だったりするのですが、いずれとの接し方も懸命で夢中で一途。そこにいささかの迷いも汚れもありません。命あるもの同士が向き合い、ふれ合い、対峙している、それだけのことです。

子どもたちは三〇年以上この本を守ってきました。いかに自然にふれることが少なくなったとはいえ、この本を通し、主人公とともに、豊かさも、恐ろしさも、不思議も、すべてかねそなえた自然の中に、よろこびにふるえながら、あるいは心の飢えを満たそうと、ふみこんできたのです。やがて、わが国初めての動物文学と言っていい『河合雅雄の動物記』全八巻（フレーベル館）の大本に、この物語があることに子どもたちは気づくことでしょう。

おとなは、子どもが子どもとして生きることを可能にする家族についても、この物語から読みとりながら、自然相手の遊びが人間にとってなくてはならぬものであることを、学び直すにちがいありません。

中には『河合雅雄著作集』全一三巻（小学館）をひもときながら、故郷篠山に戻り、八七〇平方キロメートルの丹波の森づくり、オオムラサキの放蝶、縄文の森塾、森の学校、ボルネオジャングル体験スクールと、みずからの少年時代を子どもたちに返そうと、真剣に、しかし軽やかに取り組み、遊び、生きる河合さんの姿に、自分にもまだやることがあるはずと思う人もいるかもしれません。

私はもう一度、今度は子どもたちと一緒にサバンナに行こうと思いました。

丹波篠山でのセミナーは、河合ご夫婦が物語の舞台を案内してくださるという、ぜいたくなおまけ付きでした。

かわい・まさを（一九二四－二〇二一）霊長類学者、作家。京大霊長類研究所所長、日本モンキーセンター所長などを経て、京大名誉教授。兵庫県立人と自然の博物館名誉館長も務めた。ペンネーム草山万兎（まと）の作品『ドエルク探検隊』もある。『少年動物誌』に登場した弟のひとりは臨床心理学者の河合隼雄（一九二八－二〇〇七）。

森と仲間の世界にひたる

ハワード・パイル『ロビン・フッドのゆかいな冒険』（村山知義・村山亜土訳、岩波少年文庫）

小学校五年生でも、「文体に魅(ひ)かれる」、あるいは「酔(よ)う」ということがあるのだと確信し、この文章を書いています。二〇〇二年が岩波少年文庫創刊六〇周年であることを知り、小学校から中学にかけて夢中になって読んでいた少年文庫（今でも座右の書が多いのですが）をぱらぱらと見ているうちに、小学校五年生の時に初めて読み、暗誦するほどくり返し読んだ『ロビン・フッドのゆかいな冒険』を五〇年前と同じように、興奮しながら、なめるように読んでしまい、「文体体験」について考えさせられたのです。

この本が、まずは、私のチャンバラの教則本であったことは疑いようがありません。戦後の焼け跡を、冬枯れの田んぼを、河原を、山を、私は遊び仲間とシャーウッドの森と思い定め、走り回っていたのです。悪徳郡長や僧正(そうじょう)にはだれかが扮し、仲間がいない時は、一人で棒を振り回し、悪役も演じながらロビン・フッドの世界にひたっていました。王の鹿は見あたらず、時折、足元を野うさぎが駆け抜けるくらいだったのですが。

どうやら私がビールをこよなく愛するようになったのも、ビールを飲むことと、人生を楽しむことは同じことなのだと、ロビン・フッドの仲間から教わったからでした。今では、どんな小さな居酒屋でも、そしてどんな人とでも、いざ乾杯と、なみなみとビールの注がれたジョッキを高くかかげると、そこはたちまちにして緑したたる森に変わり、人生を楽しむ仲間にかこまれるという寸法になるのです。

天気がよくなると、「おぬし、きょうみたいに天気のいい日に愉快な冒険てのはどうだい？」と仲間を誘い、すぐに旅に出たくなるのも、どうやら、ロビン・フッドの影響と思われます。日々自由に、ゆかいに、楽しく過ごす。それを学んだという訳です。

「文体体験」といっても、小難しい理屈など一切ありません。小学校五年生に、遊んで、遊んで、遊んで、遊び死ななかったのが不思議なくらい、と思わせる体験をさせてくれたのも、おとなになってから、ビールの他の酒とは比べられないおいしさや、旅することのよろこびをたっぷり味わえるようにしてくれたのも、くり返し読み、暗誦したくなる文体をこの物語が持っていたということなのです。

ことにセリフ回しの生きの良さは絶品で、読み手をたちまち俳優に仕立て、舞台に上がらせ、仲間と熱い友情を語り、妃に忠誠を誓い、にっくき者に啖呵（たんか）をきらせるのです。つまりは、子どもに日本語のおもしろさ、快さを堪能（たんのう）させるほどに、言葉が生きているのです。

私は今回読み直し、今でも随所（ずいしょ）にそらんじているセリフがあることを知り、仰天（ぎょうてん）しました。パイルの語るバラッド（物語詩）が、村山知義（ともよし）・亜土（あど）親子の名訳で、日本の五年生の心に正確に伝わったということなのでしょう。父知義さんは演出家であり脚本家で、長男の亜土さんは児童劇作家でもあったことを、そして、この本の編集者が石井桃子さんであったことなど、五年生には知る由もありませんでした。私は子どものころ、宮沢賢治の『北守将軍（ほくしゅしょうぐん）と三人兄弟の医者』とこの物語だけは、文章そのもののおもしろさで、くり返し読んでいたようです。

ハワード・パイル（一八五三―一九一一）米国の作家、イラストレーター。ロビン・フッドは英国の物語や詩に登場する伝説の英雄。シャーウッドの森で仲間たちと、弱いものいじめをする権力者と戦う物語を、パイルはすぐれた子どもの本に編み、一八八三年『ロビン・フッドのゆかいな冒険』として発表した。

同じ空間で楽しむ詩遊び

福音館書店編集部編『なぞなぞの本』（福音館書店）

年に数回、小学校に招かれて、子どもたちに話をすることがあります。たいがい、詩の楽しさや昔話のおもしろさ、時に私の好きな人や物語について語るのですが、枕になぞなぞを用いることがよくあります。とは言っても、「なぞなぞなあに　菜切り包丁まあないた」と伝統にのっとり〈なぞなぞあそび〉を始めるわけではありません。子どもたちも私も初対面で顔がこわばっているので、何とか緊張をほぐそうとして、持ち合わせのなぞなぞを披露しながら、一緒に楽しむのです。

たとえば、低学年だと、「ひとりではもてなくて　三人でもつとぶっそうで　ふたりでもつのがいちばんよいものなんだ」とか、「子どものときは　きものをきていても　大きくなるとはだかになってしまうものなあに」あたりから始めます。高学年は、「おしゃべりずきのご婦人がたが　いちばんおしゃべりをしない月は　何月でしょう」とか、「どんなものでも　食べつくす　鳥も　獣も　木も草も。鉄も　巌も　かみくだき　勇士を殺し　町をほろぼし　高い

山さえ　ちりとなす。なんだ」と、問いかけてみます。すると元気な子どもたちは敵愾心まるだしで、私をひとのみにしてくれようと挑んできます。おとなしい子どもは、目をちょっとふせながら、でも手を小さくあげて答えようとします。一挙に互いの緊張感や警戒心がとけ、同じ空間での遊びが始まるのです。

子どもたちが答えられずに降参する時は（そういうことはめったにないのですが）、私に敬愛のまなざしすら注いでくれます。私は少しえらそうな顔をして、「答えは教えてやらないよ、秘密」「ほら、竹のようにしなやかに考えなさい」「最も日数の少ない月は何月？」「時間がないので次のなぞなぞにするよ」なんて言って、さりげなくヒントを示します。

子どもたちは、ここに挙げたものが、本書にあるフィンランド、フィリピン、フランスの伝承のなぞなぞで、最後のなぞなぞが、トールキンの『ホビットの冒険』に出てくることを、さらに、ほとんどの国のなぞなぞが韻を踏んでいて、子守唄やわらべ唄と同じように、詩のひとつの形であることを知らなくとも、心からなぞなぞを楽しみます。

一篇のなぞなぞをだれかが暗誦し、それを聞き手が心の中で唱えながら答える、という空間は、実は、まぎれもなく詩を楽しむ場所そのものであり、最も正統的な方法でもあるのです。何年にもわたり暗誦にたえてきた言葉のリズムと、響きの美しさ。そして軽妙な言い回し（文体）と、驚きとよろこびをともなった答え。なぞなぞが詩でなかったならば、子どもたちは決して、遊びにそれを受け入れることはなかったのです。

頭がくたびれた時、私はよくこの本をひもときます。硬直している精神を何とか和らげたいと思うのです。人間と、人間をとりまく自然、そして宇宙に対する驚きやおののきを、子どもたちと同じように保ちたいのです。そういえば『世界なぞなぞ大事典』（大修館書店）に、「山よりも高く　海よりも深く　イバラよりも鋭く　蜜よりも甘いものなんだ」というのがのっていました。これは、子どもに自慢できる、おとなにしか解けない愛のなぞなぞかもしれません。

幼児の内面への道

マリア・グリーペ「北国の虹ものがたり」三部作（大久保貞子訳、冨山房）

スウェーデンの代表的な作家であるグリーペの作品に『森の少女ローラ』（学研）、『忘れ川をこえた子どもたち』（冨山房）などが紹介されていますが、一九六一－六六年に刊行されたこの「北国の虹ものがたり」三部作は、幼い子どものための文学のなかで、傑出しているもののひとつといってさしつかえないと思う。

私がこの三部作を読みおえて思い出したのは、リリアン・H・スミスの「人はみな、自分の世界をもっているものだが、幼児の世界は、そのうちで最も秘密な世界である。かれらの思いや空想が、どのような喜ばしい、または悲しい驚きにみちているか、私たちは知ることができないし、かれらは、知らせるすべをもたない」（『児童文学論』第八章）という言葉です。

この三部作は、スウェーデンの小さな町に住む、牧師の末娘ジョセフィーンの六歳、七歳（小学校一年）、八歳の日常生活（各巻で一歳ずつ成長する）を、豊かな自然を背景にあたりまえに描くことによって、その幼児の心の世界の一部を手にとるように、私たちに見せてくれます。

これは驚くべきことです。

いつの日からか私たちは、処世術やら慣れやらを身につけ、何とかつつがなく日々を過ごすことにのみ心傾けるようになります。世間や自分を、なるべく安穏なところにおいておき、静かに呼吸を続けようとする。作者グリーペの言う、「社会という機械に組みこまれて、おたがいに道具となり犠牲となる以前の、理解しあい共通の経験をわかちあえる、ただひとつの集会所」としての、それ故にすさまじい心の葛藤のたしかにある〈幼児の世界〉を必要としなくなり、あるいは避け、そのうちに忘れてしまうのです。

それでも時々私たちは、生活の必要上、一度はたしかに体験したはずの幼年時代の、あやふやな、おぼろな記憶をたどって、彼らに近寄っていこうとこころみます。しかし、彼らから日々送られているはずの信号を読みとるすべさえ忘れてしまっていることに気付き愕然とします。大あわてで心理学の本なんぞひもといてみたくなるのは、大抵そんな時です。

だが何をやってみても、彼らの心が喜ばしい驚きにみちている時に、それをとるにたらぬものとみなしたり、悲しい驚きにみちている時、それをすぐさま消えてゆくものと勝手に思いこみ無視する、などということは、私たちが日常平気でやっていることです。「生は子どもにとっても、おとなにとっても、同じように混沌として、つかみどころのないもの」（グリーペ）として、彼らの内面をとらえることなど、最初から放棄してしまっているというのが実情なのです。

現代日本での幼年童話と称するものの、目をおおいたくなるほどの横行は、そのへんに理由がありそうです。自ら混沌とした生と向きあうことをせず、処世術や慣れでわが身を安穏なところに置いたおとなが、したり顔で全く安易に幼児に何かを語ってみせているのがほとんどなのです。嫉妬も猜疑心も絶望も、得体の知れぬものに対する畏れも何もなく、明るく無邪気な幼児ロボットを描くことなど、たしかに誰にでもできることなのです。それに比し、自らの相対する混沌たる世界から幼児の世界をのぞき、近寄っていこうとする作業は困難極まりないものです。しかし、もしも幼い子むけの物語が、彼らにとっておもしろく、なお豊饒なものとしてその存在を文学の中で主張することができるとすれば、それは作者が自らの世界の透視として、幼児の世界を見、描くことができた場合にのみ限られると思えます。それは無論、成熟した精神が、ようやく発見することのできる世界であるはずなのです……。

グリーペはジョセフィーンという、あたりまえの女の子の日常生活を、ほとんど何の作為も感じさせぬほど、つまり、いわゆるドラマなどあえて構成することなく、しごくあたりまえに描いてみせました。したがって、筋書きを紹介することなど、あまり意味のあることではないし、不可能に近いことなのですが、第一巻『小さなジョセフィーン』では六歳のジョセフィーンが姉と姉の婚約者、不思議なおもしろいおばあさん、家政婦のマンダ、村の子どもたち、庭師のアントン、そしてアントンの両親と出会い、そのたびに心ひらかれ、ゆれ動き、悩む姿が浮きぼりにされます。第二巻『ヒューゴとジョセフィーン』では、担任の先生、いじめっこのグンネル、初めての友だちカリン、そして森の自然児ヒューゴとの出会いが描かれ、そこでもまた彼女が喜び、悲しみ、怖れ、嫉妬しながら、新しいものを受け入れていく姿が生き生きと表現されています。そして第三巻『森の子ヒューゴ』はヒューゴに心ひかれ、また、転校生のおとなびた少女ミリアムの前でうろたえるジョセフィーンが、一年生の時よりも少し成長した姿として描かれます。

いずれも、ああ、こんなことで少女はうろたえ、怒り、怖れ、悲しみ、とまどい、そして喜びで心ひらかれるのかと思うほど、ひとつひとつの出会いは、私たちおとなにとっては小さなものに思えるにしても、幼い子どもにとってはそれがいかに大切なものであるか十分に私たちに知らしめるほどに、的確に描かれています。

例えば第一巻で、すてきなおもしろいおばあさんと思いこんだ人が、どうやらそうでないとわかりかけ、次第に主人公が遠ざかってゆくくだり、またアントンを神と思いこみ病気になる部分。第二巻では、自分が何の疑問も持たずに受け入れた学校という制度に、全然違った角度から近づいていくヒューゴに心奪われていくくだり。そして第三巻で、一見つんとして、とりつく島もなかったミリアムと初めて心通じ合わせるシーンなど、年齢をこえて、人間の心の最も素朴な自然な動きを感じとることができるのです。

つまり、人間のドラマを見ることができるのです。作者が、あるがままに、あたりまえにジョセフィーンを描いているからです。そしてそのあたりまえに描くということは、例えば石井桃子さんが自らの幼年時代を『幼(おさな)ものがたり』（福音館書店）として再現し、私たちに自らの幼年時代を思い起こさせ、私たちを、そのほとんどのページごとに立ちどまらせることによって、人間というものの姿を考察させずにはおかなかった、あの力そのものであると言ってもいいように思います。その意味でこれは、すぐれた作品です。

各巻とも二〇〇ページ以上の大部な作品ですが、子どもたちはあたりまえに喜んで本書を開き、すぐさまジョセフィーンを数多くの本の中の友人の一人として迎えいれるにちがいありません。惜しむらくは、訳文、ことに会話部分が少々ジョセフィーン、ヒューゴともに実際の年齢より上に感じられる部分があり、彼らと同年齢の子どもたちが十分に楽しめる本であるはずなのに、中級以上向きとされていることです。

マリア・グリーペ（一九二三―二〇〇七）スウェーデンの作家。四〇冊ほどの作品がある。一九七四年、国際アンデルセン賞作家賞受賞。

生きとし生けるものの共感の世界

ジェラルド・ダレル『虫とけものと家族たち』（池澤夏樹訳、集英社）

おもしろい。そうとしか言いようのない読みものに久方ぶりに出合った感じがする。とは言うものの、『積みすぎた箱舟 ―― カメルーン動物記』（一九六〇年）以来、僕はダレルの作品には心ひかれぬことなど一度もなかったのであるが。

『動物の館』が翻訳出版された時など、興奮のあまり、僕同様、金のない友人と、本気でジャージー島へいく秘策を練ったものである。それだけならまだしも、少しでも酒が入れば、八丈小島を手に入れて、日本の絶滅寸前の野生動物の楽園にしようではないか、などと言い合ったものである。そこにはトキも、ニホンカワウソも移されているはずだった。そして、今や動物園にしかいない四不象（しふぞう）と同じように、ともかく彼らを生きながらえさせ、できることなら繁栄させ、やがて原生息地の事情が変わった暁に、繁殖用のつがいを送り返す計画まで綿密（!）に立てたのである。

だがダレル作品は常に、僕をそんな思いに駆り立てたにもかかわらず、この『虫とけものと家族たち』は、他の作品にくらべるとなお、格別におもしろいのである。それはなぜ一人の男がこれ程までに動物に心ひかれ、カメルーンを手始めに動物収集におもむき（『積みすぎた箱舟』『ダレルの動物散歩』『囁く国の動物たち』など）、ついにはイギリス海峡チャネル諸島のジャージー島を買い、自力で動物園を造る（『動物の館』）に至ったのか、またなぜそうまでして絶滅寸前の動物の飼養と繁殖に生涯を賭けるのか、この本が明らかにしてくれるからである。それも、ダレルが自らの少年時代をあるがままに再現してみせてくれたことによってである。

一九三五年八月、ダレル一家は小説家志望の長男ラリー（二三歳）を除く全員――母親と、狩猟マニアの次男レズリー（一九歳）、おしゃれとダンスにうつつをぬかすマーゴ、著者のジェラルド（一〇歳）――が、イギリスの湿気に当たり病気になったのを機に、ギリシャのコルフ島に移り住むことにする。きっかけはラリーがいらいらしながら「ぼくたちに必要なのは日の光です。ぼくたちが成長できる場所です」と叫んだことによるのだが、この言葉が、ついには作者をして「コルフ島で暮らすということは、派手なドタバタ喜歌劇の中で生活するようなこと」と言わせることになろうとは、だれしも思いもしなかったことである。

なにしろ一家が着いたコルフ島はスミレ色の海にかこまれ、日は燦々（さんさん）と照りつけ、果物はたわわに実り、花は咲き乱れ、島の人達は自然と直結して生き、おまけに、虫も獣も、あたかも島全体が動物園の如くに住んでいるのである。こういう場所に、一〇歳の、それも母親に言わせれば二つの時からずっと動物に興味を持ち、六つの時にはすでに自分の動物園を持とうと思っていた、そんな少年が、突然投げこまれればどうなるか、わかりきったことである。

一家が家に落ちつくとすぐ、彼は毎朝できるかぎり速く食事をすませようとする。「ゆっくりおたべなさい。急ぐとことはないでしょう」母親はきまってそう注意する。しかし彼は思う。

「急ぐことがないって？　ねむたげな最初のセミがオリーブの木立でこてしらべにヴァイオリンをいじりはじめているのに。急ぐことがないって？　朝、冷ややかな島全体が、星のように輝いて、探検されるのを待っているのに」

そして彼は愛犬を連れて探検にでかけていくのである。コルフ島のあらゆる場所が、彼を待っている。野原も、オリーブ林も、糸杉の影にかくれた谷間も、海辺も。なにしろ、どこでも彼の興味をひく動物がいるのだ。彼は次々に動物と出会ってゆく。そして立ちどまり観察し、また新たな動物を求めて歩き始める。そのうちに彼は島に住んでいた動物学者のセオドアとも知り合い、さまざまなことをおそわる。

こんな風にして彼は動物との関係を深めていくのだが、少年は本来誰でもそうであるように、彼は出会った動物の中でことに好きなものを、必ず家に連れて帰る。そしてそのたびに、家族は抱腹絶倒のドタバタ喜歌劇を演じてくれるのである。カメは昼寝を楽しんでいる家族の腹の上に登ろうと鋭い爪をたてるし、たばこの火をつけようとマッチ箱をあければ無数のサソリがおどりでる。風呂にはいればミズヘビがからみつき、テーブルにつけばカモメに足をかみつかれる。家族の日常生活は、彼の連れてくる動物によって、恐慌をきたすのである。だが、彼の方はそんなことに一切おかまいなしである。なぜならそれが、彼の動物の接し方なのである。動物と共に生活すること、動物と語り合うこと、つまりは生きとし生けるもの同士の共感の世界に住むということ、それだけなのである。

「はっきり言いますと、この家は死の罠なのです。ありとあらゆる隙間やものかげには悪辣な動物が人びとにとびかかろうとかくれています」とは、せっかくひらいたパーティが、彼の動物たちによって目茶苦茶になってしまった時、ラリーが客人に吐いた言葉である。

こうした彼を家族の者は「野生にもどってしまうのではないか」と心配し、家庭教師をつけるのだが、これもなかなかうまくいかない。地理も歴史も、動物との関連なしには彼はなかなか理解できないし、する気もないのである。したがって、アルプスを越えるハンニバルは「一匹一匹のゾウの名前をよく知っていた」し、「寒くなった時にはゾウに水ではなくお湯を飲ませてやった」と教師が言うことによって、初めて興味を示すといった具合なのである。ハンニバルがアルプスを越えようと越えまいと、彼にとってはどうでもよかったのである。

この本全体が、ダレルの少年動物記といった趣（おもむき）があるのだが、動物の出会いを縦糸とすると、横糸は家族との生活である。そして、彼が動物を描くときは、あたかも恋人同士がお互いを心に思い描く時のように、正確に、微細に、生き生きと表現する。ところが、いざ家族のことを書く段になると、彼の文章は突然シニカルになる。これも当たり前のことかもしれぬ。彼は、人間の世界よりも動物の世界にこそ、安心して入っていける多くの子どもたちと同じで、人間に対しては、どうしても構えたり、照れたり、恥ずかしがったりしてしまうからだ。

しかし彼がいかに、アルパニヤの男にのぼせあがっているマーゴを描こうが、猟ばかりしているレズリーを皮肉ろうが、原稿を書いては出版社に送り、返却されるのを恐れおののいて待っているラリーをからかおうが、ひらひらの沢山ついた水着をきて、犬にほえかかられた母親を笑おうが、この家族が全員、非常に個性的であり、その個性を互いに大切にするすぐれた者の集まりであったことは確かである。第一、いかに非難しようが、彼が動物を家に連れて帰ることを、終局的には全員ゆるしていたのだから。

コルフ島での生活は、彼の教育のことがあって五年間で終わりを告げる。同時に彼の少年時代も終わる。しかし、感受性の祭典のただ中にある少年時代を、あるがままに、あるいは完璧にすごした彼は、結局、動物とのさらなる共感の世界を求めて、ついに動物園をつくりあげるのである。そして、僕はといえば、彼とともにコルフ島の自然を心ゆくまで味わい、さらには精神のもっと開かれた時、いわば自らの心の中の動物園を自らのうちに確認するのである。

ジェラルド・ダレル（一九二五－九五）英国のナチュラリスト、作家。インドに生まれ、英国を経て、八歳で家族と共にギリシア・コルフ島へ移住。その後、英国のウィップスネード動物園やジャージー島の野生生物保護トラストの仕事にたずさわるなど、動物保護活動に献身した。

瀬田貞二さんの昔話に対する思い

瀬田貞二再話・訳『さてさて、きょうのおはなしは……』（福音館書店）

この瀬田貞二さんの昔話集は、主に保育園や幼稚園の先生方のために、園児への読み聞かせのためのテキストとして出版された小冊子「さてさて、きょうのお話は」を、二〇一七年に復刻したものです（ただし、『三びきのやぎのがらがらどん』『三びきのこぶた』『三びきのくま』などは、今子どもたちが絵本を通して慣れ親しんでいる訳文に直されています）。

当時、多くの園の先生方から、子どもたちに読みきかせる昔話の良いテキストがないので、なんとかすぐに子どもたちにお話しできる小冊子を作ってもらえないかとの要望が、福音館書店に多く寄せられ、それにこたえるという形で刊行されました。瀬田さんの名文と、おそらく手軽に子どもたちに読んでやれることもあって、先生方には大変喜んで迎えられました。しかし、ひと通り先生方の手元に届けられたのちは、時々在庫がないかとの問い合わせはきていたものの、日本、世界を問わず、各社から様々な昔話集が刊行され、何よりも瀬田さんご自身が、多くの昔話の絵本や昔話集、たとえば『日本の昔話』『世界のむかし話』（のら社）を刊行なさったこともあり、再刊されることなくずっとねむっていました。

瀬田さんの生誕一〇〇周年記念に、この本が復刻された理由は二つあるようです。ひとつは、この昔話集の中のいくつかを、すでに多くの子どもたちは絵本を通し経験していることはまちがいないにしても、昔話は本来、語られてきたものだということです。その語りから、子どもたちは自在に、自ら心の中に絵を描き、昔話を楽しんできました。その現場に、子どもたちを案内したかったこと。もうひとつは、瀬田さんの再話、翻訳の妙、日本語の美しさを、まとめて、子どもたちに味わってもらいながら、昔話のおもしろさをたっぷり経験してほしかったということなのでしょう。

この本に収録されている昔話の最も古い再話が、一九五九年の『ねずみじょうど』です。その三年前の一九五六年に、瀬田さんはその年創刊された「こどものとも」の折り込みに、絵本についての連載を始めました。それは、絵本の本質を見事に、しかもわかりやすく解き明かしたエッセーで、その中でくり返し、昔話が、子どもの成長にとっていかに大切なものであり、しかも文学としてすぐれたものであるかを語っています。このエッセーは『絵本論』（福音館書店）にまとめられています。

例えば、『絵本論』の一四章「物語の構成」では、「猿婿入り」を中心に、「年の小さい子どものの理解力からすれば、はじめ、中ごろ、おわり、と順序正しく段階をふんで進まなければ、かならず混乱を起こします。そしてこの順序は、発端と展開（およびクライマックス）と結末と言ってもよく、また、起承転結、序破急とか言ってもよく、古来からの正しい芸術論の大体に、そのまま通用しています」と書いたあと、昔話の発端、展開、結末がいかに見事に構成され語られているかを細やかに語り、それが子どもたちの心にいかに沿っているものであるかを説きます。

そして、その文章の終わりには、「昔話の再話は、昔話を種にしてつくりかえるというものではなく、よい伝承者を見つけてよい話をとり、彼此校勘して断片を完形に復元し、粗雑をみがき、煩瑣をすて、生地をよく発揮させることで、それにはじゅうぶんな、高い意味での文学的な識見や能力が必要です。日本にも、そういう標準的な、子どもに受けいれられる昔話決定版がほしいものです」と結んでいます。

これは、瀬田さんの昔話に対する考え方と、思いと、それを子どもたちに再話をするときの心構え、そして子どものための昔話集の誕生にまで言及している美しい文章です。瀬田さんは、昔話に対するこういう考えを、おそらく、若い時から愛読していた柳田國男から、また、リリアン・H・スミスの『児童文学論』から、そしてお好きだったグリムやイギリス昔話集やノルウェーの昔話集そのものから学ばれたにちがいありません。そして、この文章を含め、当時の編集者は瀬田さんの昔話に対する造詣(ぞうけい)の深さ、なかんずく子どもと昔話の本質的なかかわりの考察を見逃しませんでした。瀬田さんに、わが国の昔話の再話と、海外の昔話の翻訳もお願いし、それが瀬田さんの大切なお仕事のひとつになっていきました。瀬田さんの昔話の再話と翻訳の方法は、それを始められる前に、すでにできあがっていた、と言ってもいいように思います。

この昔話集を再読しながら、あらためて、瀬田さんのお訳しになった海外の昔話と、わが国の昔話の再話のすべてを読みたくなりました。けれどもそれ以上に、挿絵なしに昔話を読んでもらう子どもたちの、心の中の中に描かれる絵をのぞきたくなりました。ひょっとすると、マーシャ・ブラウンや、フェリックス・ホフマンよりもおもしろい絵を心の中に描いているのかもしれません。それを思うだけで楽しくなります。子どもたちと昔話に幸あれ、です。

せた・ていじ（一九一六―七九）東京本郷生まれ。「児童百科事典」（平凡社）の企画・編集をはじめ、児童文学の評論、翻訳、創作などに精力的にとりくみ、日本の児童文学界に多大な功績をのこした。著書『幼い子の文学』（中公新書）、『落穂ひろい』『絵本論』（ともに福音館書店）ほか。

非常用の錨

リリアン・H・スミス『児童文学論』

（石井桃子・瀬田貞二・渡辺茂男訳、岩波現代文庫）

このスミスの『児童文学論』は、翻訳出版された時期にも内容にも、私自身が深い影響を受けているものですから、私の経験を基に語らせていただきます。

一九六四年春、どうしても子どもの本の編集者になりたくて、勤めていた会社を辞め、どうにか児童出版社に入ることのできた私は、すぐに、アメリカに留学していた兄に手紙を認め、近くの図書館で児童図書館員に会って、子どもの本の編集者になるためには、まずどの本を読んだらいいのか教えてもらってくれ、と頼みました。ほどなく兄から手紙が届き、そこには読むべき本として三冊が示されていました。ポール・アザール『本・子ども・大人』、アン・キャロル・ムーア *My Road to Childhood,* そして本書、リリアン・H・スミス『児童文学論』でした。また、子どもの本のリストとしては、"Children's Catalogue"をよく見て、推薦されている本を読むように、というアドヴァイスも記されていました。

ムーアの本はアメリカから取り寄せる以外にありませんでしたが、幸いなことに、アザール『本・こども・大人』は一九五七年に、矢崎源九郎、横山正矢訳で紀伊国屋書店から、スミス『児童文学論』は、まさしく一九六四年三月に、石井桃子・瀬田貞二・渡辺茂男訳で岩波書店から刊行されていて、すでに読んでおりました。実は、子どもの本の編集者になろうという激しいうながしを『本・子ども・大人』から、また、そう決断したことへの同意と励ましを『児童文学論』から受けたばかりだったのです。緊張しながらも、ほっとして、私は子どもの本の編集にとりかかりました。

『児童文学論』を読んでまずうれしかったのは、子どもの本の様々なジャンルが記され論じられていたこと。それも、著者スミスがトロントの児童図書館「少年少女の家」を辞したのち、大学での講義を基にして書かれているので、緻密に組み立てられているばかりでなく、まるで一篇の物語を読むように面白く順を追って構成されていたこと。それは、「子どもたちに夢と希望と豊かな心を与える」などという常套語で飾られながらも、実は、子ども時代への郷愁と訓育意識をないまぜにして、おとなが独善的で曖昧模糊とした評価を下してきた日本の子どもの本の世界に、とつじょ科学が持ち込まれたような、すがすがしい感じがしました。本書は「わらべうた」からファンタジーまで、子どもの本の評論とは、印象批評ではなく、あくまで技術論、あるいは分析的な批評でなければならず、またそれが可能であることを如実に示していたのです。

次にうれしかったのが、児童文学というものが、著者の引用しているC・S・ルイスの「一〇歳の時に読む価値のある本は、五〇歳になって読み返しても同じように（むしろしばしば小さい時よりはるかに多く）価値があるというものでなければならない」という言葉に端的に示されているように、あるいは、アザールが『本・こども・大人』で一貫して語っている「子どもの本は文学でなくてはならない」という考え方を、本書が正統的に引き継いで書かれているということです。

たしかに子どもたちは楽しみのために本を読む。しかし、無意識のうちに、そこに永続的な真実があることを求めている。彼らは、不朽の値打ちのある本、誠実で真実で夢（ヴィジョン）のある本にだけ、成長に必要な材料を見出すことができる。すぐれた子どもの本は、それを読む子どもたちに、非常用の錨を荒い波風におろすような安定感を与える、という確固たる考え方に裏打ちされていました。

しかも、そこが肝心なのですが、常に、幼児のみでなく、「かれらの思いや空想が、どのような喜ばしい、または悲しい驚きに満ちているか、私たちは知るすべを持たないし、彼らは知らせるすべを持たない」という正確で深い洞察のもとに、著者は、おとなが子どもたちに近づく方法があるとすれば、「記憶と観察と想像力」と言いきります。そしてその三つを基に、なぜ子どもたちがこの詩を、この昔話を、この絵本を、この物語を愛し守り抜いてきたかを分析し、それがいかに文学の法則にのっとったものであるかを示しながら、子どもの文学を語り続けるのです。これは、新たな子どもの発見とさえ思いました。

さらにうれしかったことは、児童文学というものが、決して、遠くにあるものではなく、ここに、自分の中に、自分が楽しみながら経験してきたことそのものの中にある、という確信を本書が与えてくれたことでした。

当時の子どもたちの大半がそうであったように、「わらべうた」をうたいながら日が暮れるまで遊び、私は雪国育ちでしたから、冬の間は降りしきる雪の下で昔話を聞き、さらには、私の住んでいた町はB29の爆撃で焼け野原になったのですが、その焼け野原の向こうに（いや、焼け野原の中にも！）、あるにちがいない緑したたる沃野（よくや）を、本を読んでもらったり、読んだりしながら感じ、またそれを夢見ながら生きていたのです。母が読んでくれたアルスの児童文庫や、文藝春秋社の小学生全集、それに私が一〇歳の時に創刊された岩波少年文庫を通して、昔話や神話や創作の物語をたっぷり、外での虫取りや川遊びや山での栗ひろいと同じように、楽しみながら味わっていたのです。あとは、どれだけ自分の子ども時代の記憶をたしかなものにしながら、今の子どもたちを観察できるか、そして最後は自分の想像力に賭けること、それが仕事と思えたのです。
どうやら私は、この本を、戦後民主主義の輝かしい象徴と感じ取っていた気配です。六〇年安保闘争に敗れ、未来に展望を持てなくなり、行きどころをうしなってしまっていた精神が、子どもの本を編集するということで、なんとかよみがえることができるかもしれないと感じたのです。子どもたちが愛し守り抜いてくれるような本を、非常用の錨を、もしも編集できたら、未来は必ずしも閉ざされはしない、戦後民主主義を潰しはしないぞ。私は、いく度も『児童文学論』（そしてアザールの『本・こども・大人』）をひもときながら、そんなことを思っていたのです。

一九七〇年代、お目にかかった公共図書館員や、家庭文庫の方々の大半は、この本を読み、子どもの本を考える指針とし、選書の基準とし、この本の中のいくつかの言葉を暗唱し、「図書館の充実と自立」を叫んでいました。図書館員の研修会では必読書として本書があげられ、またこの本の読書会もあちこちで開かれていました。図書館員たちは、一九六〇年に出た、石井桃子、いぬいとみこ、鈴木晋一、瀬田貞二、松居直、渡辺茂男による『子どもと文学』（中央公論社、のち福音館書店刊）を読み、小川未明や浜田広介や坪田譲治を否定し、宮沢賢治や千葉省三や新美南吉を評価するという方向に新しい息吹を感じ、深く同意していたにしても、その根拠になるⅡ章の「こどもの文学とは?」に物足りなさを感じていたようです。著者たちのよって立つ理論が明確には提示されていない恨みをいだいていたのです。

本書が翻訳出版されたことで『子どもと文学』の著者たちが『児童文学論』の原書から学び、『子どもと文学』のⅡ章が書かれていたことを知り、図書館員たちは深く納得したようです。「この本を丹念に読みさえすれば、図書館員として悩んでいることの回答は必ず発見できる。ことに、図書館員にとっての生命線である選書は、この洪水のように出版されている子どもの本の中から、一体、どの本を、いかなる基準で選ぶか、いつも、その基本に立ち返らせてくれる」という声をよく耳にしました。スミスから学んだ多くの図書館員が、図書館員の専門性を訴えるようになりました。出版社の品切れや絶版にも鋭く反応する図書館員たちの抗議行動に、私自身も右往左往しながら受け答えしたことがよくありました。

一九七四年に、私はトロントの「少年少女の家」を訪れました。『児童文学論』の舞台をどうしてものぞいてみたくなったのです。蔵書の見事さ、選書の確かさは想像を超えていましたが、それよりも、スミスの弟子の四人の司書たちの言葉に驚かされました。「ナルニア国ものがたり」を、彼女たちは六年の議論ののちに、ようやく書架に並べたというのです。思わず、Why?と聞くと、「ナルニア国ものがたり」は子どもたちのための本だからという答えが返ってきました。彼女たちが見せてくれた分厚いファイルには、六年間彼女たちが議論した内容の詳細が、タイプライターで打ち込まれていました。またそのすぐ後に伺ったニューヨーク公共図書館の児童室では、案内してくれた司書が、立ち並ぶ本の中から、「どれでも一冊手に取ってください。その本の内容と、なぜ私たちがその本を書架に並べておくのかご説明しますから」と、言っていました。スミスさん、ムーアさんの精神は、確かに引き継がれていると感じました。

『児童文学論』が翻訳出版されてから半世紀がたちました。この半世紀の間に、たしかに、各論としては、スミスの考えをしのぐ研究は、あるいはスミスが学んできた学説を超える研究は、多く現れました。古くなりすぎたデータもたしかにあります。しかし、口承文芸からファンタジーに至るまで、子どもの文学全般にわたり、子どもたちが愛し守り抜いてきたものを点検し、子どもの精神に近づき、彼らの未来をうかがう姿勢に貫かれて書かれた児童文学論はまだありません。新刊だけがやたら目につく図書館。子どもの要求するものを入れます、なんて公言してはばからない図書館員。パソコンは扱えても、本の中身を知らない図書館員が目につきます。まずは、子どもたちが長い間愛し守ってきた本を守る場所、またそうなる可能性を秘めた本を選ぶのが図書館員の仕事のはずです。編集者も同じです。子どもたちが今よろこび、そのよろこびが次の読書を導き、やがては生涯のよろこびになる、そういう本を厳選して出すべきです。なぜなら、今ほど、子どもたちが、子どもの時間をうしなってしまっている時代はないからです。この本自体が、非常用の錨と言っていいのです。

この本を、文庫版になったのを機に、図書館員も編集者も、子どもにかかわる仕事をしている方々のすべてが、もう一度読み直してくれたらいいなあ、なんて、もと編集者は、相変わらず一〇歳の時に夢中になった本を読みふけりながらつぶやいているのです。

リリアン・H・スミス（一八八七－一九八二）カナダの児童図書館員、児童文学者。二六歳でトロント市公共図書館の初代少年少女部長に就任し、基本的良書を整え、活発な図書活動を開始。同時に大学での講義、児童図書館員の養成と訓練等広く活動。その功績により、一九四九年に英国の元図書館長E・オズボーン氏より一六世紀後半から二〇世紀初頭に英国で刊行された児童書コレクションとして名高い「オズボーン・コレクション」が贈られた。

豊饒（ほうじょう）な絵本の森への心おどる案内書

吉田新一「連続講座〈絵本の愉しみ〉」全四巻（朝倉書店）

この『アメリカの絵本』『イギリスの絵本』（上・下）、『日本の絵本』の四冊からなる「連続講座〈絵本の愉しみ〉」の刊行を、一体どれだけ多くの方々が待ち焦がれていたことかと思います。たしかに、著者吉田新一さんの絵本の講義を、大学（立教大学や日本女子大学）で聴いた方は数多くいたはずですし、ご著書や、翻訳書、編集なさった本を読んだ方々も多いはずです。講演会でのパソコンを駆使しての軽妙洒脱（けいみょうしゃだつ）な語りに触れた方々も、結構いるはずです。しかし、いくら講義を受けても、ご著書を拝読しても、講演をうかがっても、絵本の世界の豊饒さ、言ってみれば言葉（テキスト）と絵（イラストレーション）によって生み出された、しかも、子どもという宇宙――河合隼雄さんは「この宇宙の中に子どもたちがいる。これは誰でも知っている。しかし、ひとりひとりの子どものなかに宇宙があることを、だれもが知っているだろうか」（『子どもの宇宙』岩波書店）と述べておられますが――に向かって開かれた、緑したたる広大で深遠な絵本の森の、まだ入り口近くの小道を、ほんの少し案内していただいただけ、という思いをもつ者が多かったのです。
私たちは、例えば、吉田さんの著した『ピーターラビットの世界』（日本エディタースクール）によって、また吉田さんがジュディ・テーラーによる評伝『ビアトリクス・ポター』（福音館書店）を訳してくださったおかげで、世界の多くの子どもたちに愛され続けてきたピーターラビットの絵本のシリーズが、作者ビアトリクス・ポターのいかなる経験によって、また背景から誕生したのか、初めて、目を洗われるような思いで知ることができました。ピーターラビットの絵本のシリーズは、日本でも一九七一年に石井桃子さんによって紹介され、すでに一五〇〇万冊も子どもたちの手元にわたっています。

吉田さんは、ピーターラビット誕生の秘密を、英文学者として鍛え上げられたテキストの精読・味読により、文学としての質の高さを語り、さらにうっとりするほどの健脚ぶりで、物語の舞台である湖水地方を歩き回り、イラストレーションの一枚一枚が、舞台を丹念に写し取って描かれていることを明らかにしながら、絵画としてのみごとさを示してくださったのです。また、私たちは吉田さんが、イギリスの評論家オルダーソンと組んで復刻に力を貸してくださったおかげで、『コールデコットの絵本』（福音館書店）のすべてを、ほぼ出版されたままの形で、手にすることができました。しかも、コールデコットの一六冊につけた吉田さんの解説は秀逸絶妙です。コールデコットが、イギリスの絵本の伝統の喜劇精神と物語性と視覚表現の巧みさを、テキストの「ナーサリーライム」(わらべうた)をどう読み、解釈し、挿絵を描いたのか。それを一枚一枚の絵の中を丹念に旅するように、微に入り細を穿ち、しかもユーモアを交えて吉田さんが語ってくださったおかげで、私たちは、彼が「近代絵本の創始者」(モーリス・センダック『センダックの絵本論』)とよばれるゆえんを確かに知ることができたのみならず、なぜポターやレズリー・ブルックやアーディゾーニやセンダックが彼を師と仰いでいるのか、なぜ絵本の最高賞のひとつがコールデコット賞と名付けられているのか、知ることができたのです。

ポターやコールデコットを語る吉田さんの口調は丁寧で優しく、論旨は明解、具体的でわかりやすく、しかも本質をついて揺るがず、それは吉田さんの先駆者であり、私たちの国で初めて絵本を語る言葉を示した瀬田貞二さんの言葉を思い出させるものでした。瀬田さんは私たちの国の絵本の世界がまだ混沌とした焼け野原的状況だったときに、「子どもの絵本を見るとき、読者の子どもを忘れて、大人のひとりよがりに陥ってはならない」、「印象批評ではなくて、技術論、あるいは分析的な批評であろうとした」と言いながら、絵本を、子どもという存在を深いところでうべない、彼らを愉しませ遊ばせ、冒険に誘い、元気づけ、世界を見、感じる力を助長させる芸術としてとらえ、そこには固有の文法があると説きました。一九五六年から七六年にかけてのことです（『絵本論』福音館書店。吉田さんはこの本の編集の手助けもなさっています）。その瀬田さんと同じ東京下町育ちの吉田さんが、瀬田さんの志と口調を継ぎ、瀬田さんが書き終えられたところから、あるいはまだ語りきれず口をつぐまれたところから書き、語り始めているといった趣でした。それは、詩人のブレイクがうたっているように、

一粒の砂のうちにも世界をみ　一輪の野の花に天国をみる

その精神そのものでした。吉田さんは、徹底して一枚一枚のイラストレーションの中にその絵本の価値をみ、一冊一冊の絵本の中から絵本の森全体を見ること、それを、絵本を語る方法となさっています。おかげで私たちは、絵本の、他のものとは代えがたい豊饒な世界を経験することができ、絵本がまちがいなく、文学や絵画や彫刻や映画や音楽と同じように芸術であること、「神は細部に宿り給えり」という芸術の本質を学ぶことができたのです。

どうやら吉田さんは、三歳のお子さんにラチョフの『てぶくろ』を読んでやり、父親よりもまっすぐに深く自在に、絵本の中に入りこむわが子の姿をご覧になり、絵本の魅力にとりつかれてしまったようです。そして、サバティカルで訪れたイギリスの湖水地方で、ポターの、子どもに向かう精神と技（アート）に触れ、子どもの宇宙と芸術家の魂が一致する聖域＝絵本の森を発見し、

あくまでご自分の脚で、昔風の言い方をすれば、数えきれないほどの草鞋を履きつぶし、気が遠くなるほど深い森の中を、しかし存分に旅を愉しみながら逍遥することを、ライフワークになさったようです。私たちが、吉田さんを瀬田貞二さんに継ぐ、たぐいまれな絵本の森への道案内人として信頼し敬愛するのは、そこに理由があります（イラストレーターとしては『一一〇人のイラストレーター』をはじめとした、堀内誠一さんのお仕事も加えなくてはなりませんが）。

けれども贅沢でわがままな私たちは、なんとか、一粒の砂や一輪の花から子どもと絵本の世界をのぞくこの方法で、せめて吉田さんの、逍遥なさった絵本の森の、さすがに「けもの道」までは無理にしても、散歩道くらいはたどらせていただいて、森の奥まで分け入り、絵本の世界を心ゆくまで眺めてみたいという欲望を抑えきれませんでした。さまざまな絵本の細部を見落としているのではないか、まだ知らない絵本がたくさんあるのではないか、コールデコットやポターの流れを汲む絵本作家は誰なのだろうか、バートンやセンダックは絵本の森のどこに位置するのだろうか……。尽きない問いが次々に浮かび上がってきます。

そしてその問いの最たるものは、一体絵本はどこに行くのだろうかというものです。絵本を愉しんできた誰にも、ひそかな、しかし拭いきれない不安、怖れがあるのです。それは、今子どもとおとなが同時にひきつけられ愉しめる新しい絵本が、書店の店頭にも図書館にも、ほとんど見当たらなくなってしまったということなのです。物語としての深みは感じられず、絵の美しさも、動きも、ユーモアも感じられないもの、つまり、子どもの宇宙と芸術家の魂の一致する聖域としての絵本を探せなくなってきているのです。ひょっとすると、センダックをもって、芸術としての絵は（絵本の時代は、と言い換えてもいいのですが）、幕を閉じてしまったのではないか、わずか一五〇年くらいの命で……、とすら感じているのです。

その私たちの問いに、静かに、しかもそんな素振りもまったくみせずに答えているのが、吉田さんの日本各地での講演の原稿を中心に編まれた（絵本に対するお考えの集大成といってもいいのでしょうが）、この「連続講座〈絵本の愉しみ〉」全四巻です。第一巻の『アメリカの絵本――黄金期を築いた作家たち』では、アメリカの絵本の草創期の絵本作家たちがまず紹介され、続いて開花期のガアグ、バートン、黄金期としてはエッツ、ワイズ・ブラウン、キーツ、クーニー、マーシャ・ブラウン、そして、センダックが語られます。ポター、コールデコットを語るときと同じように吉田さんが逍遥し、愉しんでこられたアメリカの絵本の森が、わかりやすい言葉で丁寧に、ユーモアをたたえながらゆったりと語られ、しかも絵本や絵本作家を育て、支えてきた図書館員や編集者たちのことも、つまびらかにされています。

また、第二巻、第三巻の『イギリスの絵本――伝統を築いた作家たち』（上・下）では、吉田さんを心愉しき旅人にしてしまったイギリスの絵本の森に、コールデコットから、ポター、ブルックを経て、アーディゾーニそして現代のバーニンガム、クェンティン・ブレイクまでを語りながら、案内してくださっています。第四巻『日本の絵本――昭和期の作家たち』では、わが国の赤羽末吉、脇田和、吉田一穂、佐藤忠良たちが語られています。

吉田さんの言葉に導かれ、絵本の森をゆっくり歩けば、私たちが見落としていた絵本の細部は、たちまちにしてその姿を鮮やかに現します。まだ知らない絵本があるのではないかという杞憂も、吉田さんが紹介してくださった絵本をゆっくりひもとけば解決します。コールデコットの末裔たちのことも明らかになりますし、アメリカの絵本の特徴と絵本を支えている力も理解できます。アメリカとイギリスの絵本の森が隣接していることもよくわかります。

さて、それでは芸術としての絵本、絵本の時代はもう終焉を迎えているのではないかという問いはどうか。この、吉田さんのお仕事を拝読しながら痛切に思うことは、絵本を読む私たちのあまりの精神の貧しさということです。子どもに絵本を読んでやっているときも、子どもの心の中の宇宙までは入っていこうとしなかった。いわんや、その宇宙を描き出そうとした絵本作家たちの技の世界までは思い至らなかった。つまりは、絵本を愉しむどころか素通りしてしまっていたのではないか、ということです。まずは、私たち一人ひとりが、吉田さんの歩き回った絵本の森を、ともかくゆっくりたどり、存分に愉しみながら、その問いへの答えを、自ら見つけ出す以外になさそうです。いくら吉田さんがアメリカ編を、センダックで語り終えていらっしゃるにしても……。

よしだ・しんいち（一九三二年東京生まれ）　英米児童文学研究者、翻訳家。立教大学教授、日本女子大学教授、また日本イギリス児童文学会会長、絵本学会初代会長などを経て、立教大学名誉教授、軽井沢絵本の森美術館名誉顧問。日本におけるビアトリクス・ポター研究の第一人者としても有名。

ランドルフ・コールデコット（一八四六－八六）　英国の画家、挿絵画家。父の意思で銀行員になったが、幼時からの思いを忘れられず、雑誌や新聞への挿絵寄稿を機に二四歳で画業に転向。マザーグースの童謡などに挿絵をつけ、近代絵本画家（イラストレーター）の先駆者となった。一九八三年、最も優れた米国の絵本を手がけた作家へ贈られる「コールデコット賞」が創設された。

モーリス・センダック（一九二八－二〇一二）　米国の絵本作家。代表作『かいじゅうたちのいるところ』で一九六四年にコールデコット賞受賞。ほかに、『まよなかのだいどころ』『まどのそとのそのまたむこう』など多数の作品がある。

苦い自画像

ケネス・グレーアム『たのしい川べ』（石井桃子訳、岩波少年文庫）

心の中だけの聖域にとどめておけばよかったものを、魔がさしたのかイギリス湖水地方に行くなら、南東のバークシャーへ足を延ばして、クッカムディーンにも行きましょうと、吉田新一先生に申し上げたのが、そもそもの間違いのもとでした。

八月二三日、雨に打たれながら物語の舞台であるテムズ川のほとりに立った瞬間から、今までのようにのびやかには、『たのしい川べ』を読めなくなってしまいました。百年以上前、同じ川べに立ち、川面（かわも）に哀しみを映し出した五歳の少年の目が、重く、はっきりと見えてきてしまったのです。

愛する母親の猩紅熱（しょうこうねつ）による死（しかも自分もその時、猩紅熱にかかっていて、母親の死を知ったのは熱が下がり病が癒えてからでした！）。意思も性格も弱く、妻の死後一家をまとめる能力に欠けた弁護士の父親。クッカムディーンでの、母方の祖母の家に一人預けられての、姉兄と離れての暮らし。

人生のスタートの時点から、そして感受性の祭典の時に、追っても追っても捉えきれない哀しみを負ってしまった作者ケネス・グレーアム。彼が後年物語を書くにおよび、ペンはおのずから少年時代の川べに赴き、その情景を精妙・微細に映し出すにつれ、いかに動物ファンタジーという形式の中に韜晦(とうかい)しても、捉えきれない哀しみに再び向き合うことになり（イギリスの児童文学の伝統の重さをずしりと感じるのは、実にこういうところなのですが）、結局はそれ故に筆を擱(お)いたと思えるグレーアムの姿が、雨で増水したテムズ川の奔流となって私に押し寄せてきてしまったのです。

困ったことです。この物語だけは、なんとしても、一〇歳で初めて読んだ時のように、作者を意識することなく、表現された世界のみで軽やかにのびやかに遊びつづけようと思っていたのです。シェパードの絵だけで、私は満ち足りていたのです！

例えば第五章の「なつかしのわが家」。私はこの章を、「家＝Home」を最も美しく描いた文学の一つと思っています。しかし、川べに立つ少年＝作者の側に立ってみれば、決して手に入れることのできなかったものとしての「家」が、あまりに鮮やかに美しく見えすぎるのです。いや、一瞬垣間見ただけの、と言ったほうが正確かもしれません。四歳の時に束の間、彼は暖炉の火、母親、一家そろってのあたたかい食事を経験していますから。

まるで、瞬時にして消えた花火の幻影をペンが執拗に追っていくように、作者は束の間経験しただけの「家」を、そしてそれ故にこそ、あまりに大きく膨れあがったイメージとしての「家＝母親」を、動物たちと彼らの住処を語りながら描いていきます。凍てつく野原でのネズミとモグラの会話、探しあてたモグラの家、その内部の精緻な描写とネズミの言葉、クリスマスキャロルを歌う野ネズミたち、そしてあたたかい食事とベッド……。これ以上の「家」を描くことは至難の技と思えるほどに、ひとつの完璧な姿として、夢・幻影としての「家」をペンが活写していきます。そのペンの動きに、そして至難の技にまで達した表現の中に、「韜晦の極」として作者の哀しみの深さが見えてくるのです。失われたものを、獲得できなかったものを、言葉で捕らえ、形あるものとして構築し、現出させることによって、哀しみを凍結させ、それを静かによころびに変えていこうとする作者の悲劇！

そしてさらなる悲劇は、ペンが完璧な「家」を構築すればするほど、現実の作者の家庭を崩壊させる危険を孕んでいたということです。作者と、ちょっと評判になった軽い物語を書き社交界でちやほやされていた妻エルスペス・トムスンとの結婚生活がどんなものであったか。「家」に対する考え方の相違については伝記作家に詳しく語ってもらうにしても、*二人の間には相当深い溝があったことは確からしいのです。華やかで社交的な妻と、アナグマのように地味で引っ込み思案の夫。性を享受したがる妻と、それを嫌う夫。くわえて、息子アラステアに対する思いの相違……。

妻は、夫が息子のアラステアの寝室で、この物語の原型となるお話を語り始めた頃、なすところなく居間の長椅子に横になり、熱いお湯をすすり続けていたといいます。

ひょっとすると夫は、やさしさ・家・やすらぎの象徴である母親のイメージとあまりに違う妻から、せめて夜だけは息子を離して自分だけのものとし（あるいは自分もまた妻から逃げ出し）、自分が母親を演じて、息子に語り続けたと言えるのかもしれません。妻が、自分のイメージの中にある「母親」を演じてくれないのならば、「自分が母親を演じる！」という、はなはだエゴイスティックな思いを持つにいたった。いかに、自分が味わうことのできなかった父性と母性の双方を、先天的な視覚障害を持つ息子に、何としても経験させてやりたい、という強い思いがあったにしても。

この思いは危険です。グレーアムは「非ヴィクトリア朝的父親」と言われることがありますが、この態度は、権威主義的、あるいは固陋（ころう）などといわれるヴィクトリア朝時代の父親に対し、子どもとの時間を多く持とうという、表面的には近代的な父親像と言うことはできるかもしれません。しかし、明らかに精神が病んでいます。実際、夫が息子に近づけば近づくほど、妻は夫と息子から離れていったと思えるのです。

たしかにこの物語は、最初、癇癪をおこした四歳の息子をなだめるために語り始められたものです。しかし、語っているうちに、グレーアムはたちまち、テムズ川の川べで川面を見つめていた自分の幼年時代を思いおこし、「家＝母親」への憧憬で心を満たしていくことになるのです。語れば語るほど、妻がそばにいてはまずかったのです。そばにいては物語ることができなかったのです。

この父と子のあまりに濃密な時間は、息子が七歳になるまで続けられますが、「自分の生涯で四歳から七歳まで以外は語るに値しない」という作者の言葉を思い出すと、その時間に凝縮された父と子の宿命が感じとられ、慄然とします。

いかに動物ファンタジーという形式をとったにしても、現実に家庭生活を営んでいながら、夢見続けてきた「家＝Home＝母親」を、実際に語り、書いてしまうということは、作者グレーアムと妻エルスペス双方にとって大いなる悲劇を生み出すに違いないのです。

さて、「家＝母親」を精緻に描きだすことが悲劇を招くことになるとすると、次に作者が試みることは、当然「人生＝旅」ということになります。

この二つは裏表です。旅に出ても「家」を思い続けるモグラの役割は、五章で終わります。そのあとは、「家＝川べ」しか知らないで、しかもそこを至上の場所と信じきっているカワネズミがモグラに代わって主役を演じることになります。

ネズミは「家」にこだわり続け、「〔クッカムディーンの〕川のほかにはなんにもいらないなあ」と第一章で公言してはばかりませんでした。第五章でネズミは、気取りと友情を無意識のうちに使いわけながら、自分の「家」恋しさに心乱したモグラに、余裕をもって彼の「家」をたっぷりと味わわせてやることができました。けれども、もしネズミが自分の本質にかかわる問題、つまり「家」を否定された場合どうなるのか。はたして、モグラ＝他人に対してしたようにセルフコントロールができるのかどうか、それが問題です。自分の「家＝川べ」を唯一至上の場所と深く認識するためには、一度そこから遠く離れ、そこを否定するという精神の冒険が必要です。ネズミはまだ旅先で狂おしく故郷を思い、涙で枕をぬらしたという経験を持っていません。

第九章では、このネズミが厳しい試練に立たされることになります。


……二度と帰らない時がいってしまわないうちに、冒険してみるんだな！　ただ戸を一つしめて、陽気に一歩ふみだせば、それでいいんだ！　古い生活にかわって、新しい生活がはじまるのさ。それで、またいつか……いつかずっとあとになって、もう見るだけのことを見つくし、するだけのことをしつくして、帰りたくなったら、またぼつぼつ、家へ帰ってくればいいんだ。そして、あの、きみのしずかな川べにすわって、たのしいかずかずの思い出をあいてに暮らしたまえよ……

章の終わり近くで旅ネズミが言った言葉、これはネズミの弱点をずばりとついた、あまりに刺激的で誘惑に満ちた痛い言葉でした。この旅ネズミの言葉と、そうでなくとも秋になって南に去り行く鳥たちに心騒がせていたネズミは、たちまち妖しく心狂わせ、熱に浮かされたようによろよろと南に向かって歩き始めます。このネズミの目に異常さを見てとったモグラが、懸命にネズミを押さえつけて発作をおさめてやり、なお弱っているネズミに鉛筆と紙切れを用意して、そっと渡してやるわけです。

きみ、詩をやらなくなってから、ずいぶんになるね。……今夜は、ひとつ、やってみたまえよ。そんなに――ほら、考え込んだりしないでさ。ただちょっと書いてみるだけだって、きっと、ずっと気分がよくなると思うよ。

そして実際、ネズミは鉛筆で紙切れに何やら書きつけているうちに落ち着きを取り戻していきます。この部分は、第五章とは逆にネズミに対するモグラの友情が高らかに謳（うた）いあげられ、確かにいく度読んでも心ふるえ、目頭が熱くなるところなのです。しかし、ネズミを、捉えきれない哀しみを負った五歳のグレーアムの抽象化された姿、あるいは後の彼の姿という観点から見れば、なんとも鮮やかに描き出されたネズミ。作者の「苦い自画像」と読みとることができます。

与えられた鉛筆と紙に詩を書きつけることによってしか、精神の均衡を回復できないネズミ。詩を書きつけることによってようやく正常に戻ることができるネズミ。あるいは、書くことによって旅への衝動・発作をおさえこんでしまうネズミ。これがグレーアムの自画像でなくて、一体何でしょう。次のグレーアムの有名な言葉は、彼にとっての「ネズミ＝人生＝旅」を明らかにしています。


もしも五歳の私が突然街角から現れたとしても、私は少しも驚きません。……私は四歳から七歳の間に感じたこと全てを、そのままに思い出すことができます。

(I feel I should never be surprised to meet myself as I was when a little chap of five, suddenly coming round corner . . . the queer thing is, I can remember everything I felt then, the part of my brain I used from four till about seven can never have altered.)*

つまるところ、作者にとっての「旅」は、四歳から七歳にむかっての果てしのない旅だったのです。多分、それが物心ついてからずっと、くり返し、くり返し、試みていた唯一の旅だったのです。

哀しみの極の目で見たテムズの流れ、川面に浮かぶ母親の姿、そして哀しみを抱擁してくれた川べの自然、小動物たち……。いくら旅ネズミが南への旅に誘おうが、そして旅への思いで息をつまらせ、旅ネズミの足ははや南に向かい始めようが、ネズミすなわち、グレーアムの精神、魂の居場所はクッカムディーンで、そこから離れることはできなかったのです。

この「南」への想いは、おそらく、母親がもし若くして死ななかったら、若くして死んだにしても看取ることができていたら、父親がもう少しまともだったら、オックスフォード大学に入っていたら、イングランド銀行に勤めるのではなく、文学の道に邁進していたら……。そうしたら、きっと可能になっていたはずの人生、そのすべてを意味していたのでしょう。

けれども、旅への憧れをあまりに抑えつづければ、どこかで爆発するのが道理です。その爆発をどうやって抑えるか——。作者は物語を書く、すなわち、旅ネズミに滔々と旅を語らせることによって、爆発寸前の精神を鎮めようとします。

旅ネズミは語りに語りました。実際の旅を語るというよりは、むしろ旅先の国に流れる風や波を、詩のように語るという方法で。具体的な旅のイメージを持たないネズミは、その方法故にこそ、かえって動揺し、ついに現実と夢の境目がわからなくなってしまいます。しかし結局ネズミは出かけませんでした！　モグラが邪魔をしたのです。いや、いかにネズミを旅立たせたところで、失った自分の時間を取り戻すことはできなかったのです。グレーアムにとって、すべてはあまりに遅すぎたのです！

グレーアムが物語を語りはじめたのは、もう四〇歳をこえてからでした。「思い出をあいてに暮らす」にはまだ若すぎますが、かといって「陽気に一歩ふみだす」には遅すぎたのです。彼が精一杯言えたことは、「だから若い兄弟、二度とかえらない時がいってしまわないうちに冒険するんだな」だったのです。ここで旅ネズミの旅への誘いの言葉は、にわかに深い哀しみの色調に変わってしまいます。傷みにも似た作者の生の言葉となってしまいます。フィクションと現実が交錯しあって、ついに現実がフィクションを押しつぶすことになったのです。

ネズミがモグラの前で正気にもどりかけた時——

かわいそうに、ネズミは、いっしょうけんめい、話そうとするのですが、どうしてまぼろしのようにみたことを、いまさら、つめたいことばでいいあらわすことができるのでしょう……あの魔法は消えてしまったのです……。これこそは、ただ一つの真実だと思えたこと、それが、いまはネズミにもわからなくなってしまったのです。

そして、あの美しく荘厳な第七章「あかつきのパン笛（ぶえ）」の最後もまた。ネズミが懸命にアシのざわめきに聞く牧神パンの声――

「喜びをなやみに変えぬよう――おそれしことを忘れよ――力なきときには――わたしをたよれ――されど、忘れよ！」

「わたしは看（み）とり手、すくい主――森のまいごをなぐさめて――けがした子らをかいほうする――けれども、みんな忘れさせる」

あれほど濃厚に旅を語り、また、動物ファンタジーの中に牧神パンを登場させるという危険までおかして、濃密に川べの自然を写したにもかかわらず、ぎりぎりのところで作者は牧神パンからの最後の贈りものという形で、ほんの束の間ネズミとモグラに見せたこれらのものを、彼らに忘れさせることしかできなかったのです。

グレーアムは、自分にとっての失われたもの、獲得できなかったものを言葉によって見事に捕らえ、形あるものとして構築し、物語として現出させたと思った瞬間、主人公の記憶を喪失させることによって、ことごとく川に流してしまいました。追いきれない哀しみに、辛うじて追いついたと思った瞬間、それをテムズ川に流してしまわざるをえなかったのです。そして、ネズミ＝作者に、辛うじて残されていたものは何か。いわずとしれた鉛筆と紙なのです！　あたたかいスープでも、よく冷えたビールでも、あるいは川べに咲いている花々、バターカップでもフォックスグローブでもいけなかったのです。モグラは本能的に鉛筆と紙をネズミに与え、ネズミが正気に戻るのを見守ったのです。

　　ただちょっと書いてみるだけだって、きっと、ずっと気分がよくなると思うよ。

　本当はここで、モグラが突如旅を抑える側に立ったことに、異議をとなえるべきかもしれません。春、何もかも投げ出して川べにやってきた時のモグラの目に、曇りはなかったのでしょうか？　ネズミの目に異常さを認めるのではなくて、これもまた正常な眼差しと理解するのがモグラの立場だったのではなかったのでしょうか。

　ここでも現実がフィクションを押しつぶし、作者がモグラに成り代わってしまったことがうかがえます。ネズミに鉛筆と紙を渡したのはモグラではなくて、明らかに作者グレーアムなのです。モグラの言葉に何の気取りもありませんし、いわんや相手の心理を読み取った上での行為などでは決してないのです。しかし、無意識のうちに自らを追い詰め、逃げ場を失ったネズミにグレーアムがかけた言葉と考えれば、この場面は〈ネズミ＝ものを書く人間＝作者の姿〉という構図を、はしなくも哀しく浮き彫りにしてしまうのです。

さて、いかに「家＝母親＝モグラ」「人生＝旅＝ネズミ」を描いたところで、結局は悲劇を招くことになります。いかにその二つを完璧に描いたとしても、忘却の中に葬らざるをえず、手に残るものが鉛筆と紙だけだとしても、まだ作者は物語り続けていくでしょうか。別の活路を求めて、あるいは懸命に文学を信じて。然り、然り、否、否です。ケネス・グレーアムは最後の賭けに出ました。書くことを拒否するために書く、筆を擱くために筆をすすめるという方法です。

いよいよ、ヒキガエルが本格的に活躍を始めるのです。モグラ、ネズミ、アナグマでは描ききれなかった世界に、作者が挑むのです。モグラは、作者の四歳から七歳までの自画像と言っていいと思いますすし、ネズミは書きたいという衝動を常に持っている少々皮肉な自画像と見えます。そして、アナグマはベテランの銀行員としての自画像と読み取れます（C・S・ルイスは「社会的な地位が高いのに、それでいて粗野な物腰、つっけんどんな態度。はにかみと善良さの合成」と言っています）。対するヒキガエルはといえば、この三匹の言動を真っ向から否定するように見えながら、実は見事、彼らの精神を併せ持っていて、なおそれを超えていくものとして自在に行動します。

ヒキガエルはまずモグラの単純素朴さの結晶です。ヒキガエルの冒険が、屋敷から飛び出して屋敷に戻るまでであることは、象徴的です。しかも「家」（＝母親）にこだわりすぎるモグラの弱さは微塵（みじん）もありません。そして次に彼は、旅・冒険を想うネズミから、文学や感傷を差し引いて、行動のみを付け加えた極端な姿でもあります。したがって、「人生＝旅」に心狂わせることもありません。第一、モグラもネズミも自己否定し、自己完結しているという点で、物語の中での役割はとうに終えています。さらにアナグマとヒキガエルは裏表の関係です。物語の最後のヒキガエルは、何とアナグマに似ていることか！

結局ヒキガエルは、モグラやネズミが役割を終えたいま、彼らに代わって、作者グレーアムの夢、最後の希望になったのです。仲間の訓示など何のその、脅されようと、軟禁されようと、馬鹿にされようと、嘲笑されようと、己が道をまっしぐらに駆けていきます。このヒキガエルの自由闊達（かったつ）さは、自分の屋敷がイタチに占拠されるまで続きます。そして問題の、屋敷を取り戻したあとの、仲間にも読者にも、にわかには信じがたい改心！

屋敷での祝賀会で、勝利に酔いしれる動物たちは、ヒキガエルの、いつものような言動を期待します。

「ヒキガエル君！　演説だ！　ヒキガエル君の演説！　歌だ！　歌だ！　ヒキガエル君の歌だ！」

しかし、ヒキガエルは、ただしずかに頭をふり、おだやかに片手をあげてことわりました。そして、お客たちにおいしいごちそうをすすめたり、かるい時事問題をとりあげたり、まだ社交的な会合などに出てこられない、おさない家族のことを熱心にたずねたり、この晩さん会が、けっして、はめをはずしたものではないことを、みんなにしらせたのでした。

ヒキガエルは、ほんとに、ひとが変わってしまったのです。

一体ヒキガエルは本当に改心したんでしょうかと、グレーアムに聞く人が多かったそうです。

もちろん、ヒキガエルは回心なんてしやしません。そういう性格じゃないのです。

(Of course Toad never really reformed: he was by nature incapable of it.)

これがグレーアムの答えです。これをおとぼけと言うのでしょう。

万感の思いを込めてのヒキガエルの改心は、仲間にも読者にも、どんなにうさんくさく思われようと、実は、これもやはり韜晦の極、グレーアムの物語への告別の辞、永遠に筆を擱く挨拶。つまり、失われたもの、獲得できなかったものを言葉で捕らえ、形あるものとして構築し、現出させ、哀しみを凍結させることによって、静かなよろこびに変えていこうとする行為をこれでお終いにして、人生を生きようとするグレーアムの決意表明と読み取れます。物語を書くことによって韜晦に辿り着いた、というのが、真実のように思えます。

妻との、息子との関係の修復も無論あったのでしょうが、それ以上に、現在の自分と少年時代の自分との和解にふみきった。書くことよりは、静かな日常生活を選びとったといった方がいいのでしょう。

モグラも、もうよろしい、ネズミもご苦労様でした。アナグマも、そろそろ銀行から身を引きなさい。物語の展開は、ヒキガエルが主人公になることを要求し、その主人公に現役引退を宣言して物語の幕を引くことを求めました。

ただ一度だけ、筆を擱くために試みた創作。春、モグラが家を飛び出していくところから、ヒキガエルの改心、引退宣言に至るまでの物語は、つまるところ一人の作家の中に起こった、ほとんど奇跡的な人生と創作、詩と真実の融合の物語でもありました。あとは、あるがままでクッカムディーンの自然を楽しみ、自らの過去を微笑みながら省みる、ということに落ちついたのです。鉛筆と紙はもう必要ありません。川べと、そこに吹く風――The Wind in the Willows――柳にわたる風があれば、それで充分ということでしょう。お見事な結末でした。

物語としても、作者の人生としても。無論、A・A・ミルンやE・H・シェパードが、高貴な実に落ち着いた人物と感動して記したケネス・グレーアムは、引退したのちのヒキガエルの化身だったのです。

*本文中のグレーアムの言葉は、ピーター・グリーン（Peter Green）による詳細な伝記 *Beyond the Wild Wood: the World of Kenneth Grahame*, Grange Books, 1993より。

ケネス・グレーアム（一八五九－一九三二）英国の児童文学作家。随筆『黄金時代』（一八九五年）、『夢みる日々』（一八九八年、未邦訳）で世に認められる。

A・A・ミルン（一八八二－一九五六）イギリスの児童文学作家。代表作『くまのプーさん』シリーズ、『赤い館の秘密』など。『たのしい川べ』を戯曲化した。

E・H・シェパード（一八七九－一九七六）イギリスの挿絵画家、イラストレーター。『たのしい川べ』『くまのプーさん』の挿絵を描いている。

Ⅳ　子供を本の世界に導くために

絵本と子どもの深いつながり

これから、子どもの成長と物語の関係について考えながら、一人でも多くの子どもたちを、豊かな物語の世界に導く方法として、子どもを本好きにするレシピを探っていきたいと思います。物語を読むことが人生をより色濃く、おもしろく、楽しく生きることにつながっていると、私は、自分の経験から深く信じているからです。

せっかく生まれてきたのだから、人生は存分に楽しまなかったら損です。とは言うものの、物語を読まなくとも、人生をたっぷり楽しむ能力を持った人がたくさんいることは私もよく知っています。私の母がそうでした。私が勤めていた電気会社を辞めて、どうしても子どもの本の編集者になりたいと告げたとき、母は言ったものです。「そんな退屈なことをして大丈夫？」

刺繍（ししゅう）やお花やそれに家族を心から愛していた母にとっては、本を読むのは、他に何もすることがなくなった時、と思っていたようでした。いわんや、本を編集するなどという仕事は、母の感覚では退屈の極みとしか思えなかったようです。

その母のことを思うと、「物語なんて読まなくたって大丈夫。いくらでも人生は楽しめるからね」と、子どもたちに伝えたい気持ちもするのですが、実はその母も、自分の三人の子どもが小さかった頃(ころ)は、懸命におもしろい物語を探し、よく読んでくれ、少なくとも私が小学校を卒業するまでは、母も私と同じ物語を読み、その物語について語り合ってくれました。今にして思えば、漠然とではあったかもしれませんが、子どもの成長と物語には特別な関係がある、と母もまた思っていたに相違ありません。どうやら私がこれから試みようとしていることは、その母の思いを少しばかり確かなものにする、ということに他ならないのです。

私の出会った子どもたち

子どもと子どもの本にかかわって生きていると、たくさんの魅力的な子どもたちに出会い、彼らから子どもの本について学ぶことが実に多くありました。その中でも私が出会った五人の子どもたちを思い出しながら、これから考えていくことへの手掛かりにしたいと思います。

一人目にまず思い浮かぶのは、私に絵本の絵、言葉、物語のあり方を、身をもって教えてくれた、『ピーターラビットのおはなし』の最初の読者です。血液癌にかかり、余命いくばくもなかった四歳の女の子でした（彼女については、Ⅰ章でも紹介しましたので、くわしくはそちらをお読みください）。

二人目は、五年生の女の子です。小学校の教師の両親がそろって一泊の研修会に出かけた日の夜、母親は弟と留守番をしていたその子から電話をもらいます。その子が初潮を迎え、娘になったという知らせです。心配する母親に、その子は「お母さんに言われていた通りにしたから大丈夫。おやすみ」と言って電話を切るのですが、うろたえた母親はタクシーを拾い家に帰ります。女の子はぐっすりとねむっていました。そして母親は、その枕元に、数年前まで、夫と自分がくり返しくり返し読んでやっていた三〇冊の絵本、それこそ『ちいさいおうち』や『てぶくろ』や『おおきなかぶ』が、整然と積み重ねられているのを見ます。このことは絵本と子どもと、そして親との深いつながりを、私に教えてくれました。

三人目は小学校一年生の男の子。その子は一学期に脱水症になり、入院していました。点滴のおかげで一命はとりとめたものの、退院まではまだ間があるある日、会社帰りに病院に寄った父親が枕元で、出版されたばかりの絵本『よあけ』を読んでやりました。けれどもその子があまりに静かに聞いているので、父親はその絵本がその子に合わなかったのだろうと思い、読み終えるとすぐに鞄（かばん）にしまい、他の絵本を探しました。ところがその時、その子が突然目に涙を溢（あふ）れさせながら「ぼくを自然の中に連れてって！」と叫んだのです。父親と、その話を聞いた母親は、担当医の許可を得て、その子を知り合いの、山の中の別荘に連れて行きました。三〇分後には、真っ白だったその子の頰（ほお）に赤みがさしはじめ、二時間後には薫風の中で遊んでいました。私はその子から、絵本が子どもの心を治療することもある、いや、絵本は子どもの魂と直結しているということを学びました。

最後は、長岡市の小学校六年の女の子と男の子です。二〇〇四年秋の新潟県中越地震の翌春、子どもたちを元気づけるために訪れ、その年の秋に学校の研修会に招かれて彼らと再会しました。私は小学校の子どもたちに話をした後、いつも最後に私の好きな一五冊を示し、全部読んだ子どもには私の卒業証書を与える、と言います。すると、ほぼクラスの二割くらいの子どもたちが、卒業間近に、読んだよ、という手紙をくれるのですが、秋にうかがった時の昼休み、私の前に、春には五年生だった男の子と女の子が立ち、「本全部読みました。あと三人はもうすぐです。どれもおもしろかった」と言うのです。一人は県大会まで行ったサッカー少年で、もう一人はお母さんが本好きで、よく一緒に読むという女の子でした。

その学校では何年も前から、教師たちと公共図書館員、そして子どもの本をよく読んでいる保護者が一緒になって、本気で学校の図書室を充実させ、たくさんの本を子どもたちに読んでやりはじめました。学校独自の百冊の本を選び、卒業までに読もうと呼びかけていたのだそうです。子どもが本離れ、活字離れをしているなどと一体誰（だれ）がうそぶいているのだろうと、私は二人の前で思いました。小学校の教師が自分たちの責任で本を選び、図書室を作る、そして子どもたちにひたすら読んでやる、公共図書館員や保護者がその意をくみ、協力をする。その当たり前のことを小学校がやっているだけで、子どもたちは物語を楽しむのです。私の前にすっくと立った二人の背後には、まちがいなく目を輝かせた、たくさんの子どもたちがいました。

さて、子どもたちを本好きにする最初のレシピです。次の七冊は基本中の基本的な材料です。

材料

『ピーターラビットのおはなし』ビアトリクス・ポター作・絵、石井桃子訳、福音館書店
『ちいさいおうち』バージニア・リー・バートン文・絵、石井桃子訳、岩波書店
『てぶくろ』ウクライナ民話、エウゲーニー・M・ラチョフ絵、内田莉莎子訳、福音館書店
『おおきなかぶ』ロシア民話、A・トルストイ再話、内田莉莎子訳、佐藤忠良絵、福音館書店
『よあけ』ユリー・シュルヴィッツ作・絵、瀬田貞二訳、福音館書店
『もりのなか』マリー・ホール・エッツ文・絵、まさきるりこ訳、福音館書店
『ぐりとぐら』中川李枝子文、大村百合子絵、福音館書店

太初（はじめ）に「子守歌」と「わらべうた」ありき

レッスンをはじめる前に

今回から具体的に、子どもを本好きにするためのレシピを考えます。

子どもと読書の関係は、泉から海までの水の流れにとてもよく似ています。山奥の泉からわき出た水が、細流となり、渓流（けいりゅう）となり、多くの谷川を集めて奔流（ほんりゅう）になり、野を下り、大河となってゆっくり平野を流れ、やがて海に注ぎ込む情景を思い浮かべてください。今回は泉。子どもと読書の源流をたどってみます。

レシピですから、まず材料をそろえてください。『わらべうた』と、『にほんのわらべうた』です。これは四冊セットで、少々高い本です。図書館から借りてきてもいいのですが、家族で幾代にもわたって利用できる本ですから、それにいつも身近にある方が便利ですから、思い切って買ってください。調味料の三冊をご用意なさると、用意万端（ばんたん）整います。

材料

『わらべうた——日本の伝承童謡』町田嘉章・浅野健二編、岩波文庫

『にほんのわらべうた』（全四巻）近藤信子、福音館書店

調味料

『幼い子の文学』瀬田貞二、中公新書

『詩ってなんだろう』谷川俊太郎、筑摩書房

『音楽の根源にあるもの』小泉文夫、平凡社ライブラリー

「子守歌」からはじめましょう

さて、泉。子どもを本好きにするための下ごしらえ、最初のレッスンは、わが子に「子守歌」を歌ってやり、ぐっすりとねむらせることです。どうぞ、ご自身が親御さんに歌っていただいた「子守歌」を毎晩歌ってやってください。思い出せない場合は、親御さんに聞いてください。不幸にして、ご両親がお亡くなりになっている場合は、ご近所の、あるいは故郷の知り合いのおばあさん、おじいさんに聞いてください。それでもだめな場合は、材料の『わらべうた』に紹介されている各地の「子守歌」の中から、ご自分の出身地に近いところのものを選びだし、楽譜が載っているので、詩とメロディーを覚えて、それをお子さんに歌ってやってくだ

さい。出身地の歌が本に載っていないときは、気に入ったもので結構です。沼津の「この子可愛さ」などはいかがですか。適当に言葉を言い換え、あなたの家の子守歌になさってください。

手順とコツ

ねむりには、安心感、心地よさ、幸せが必要です。言葉と音楽にその全部が含まれているのが、あるいは赤ちゃんが安心して胎内で聞いていた、お母さんの心臓の鼓動と言葉が美しい形になったもの、それがそれぞれの地方と歌われてきた「子守歌」です。

幼い子どもの人生に対する心とからだの「耐震強度」は、どのくらい「子守歌」を歌ってもらい、遅くとも八時前にはねむっていたかどうかによって測ることができます。九時、一〇時まで子どもを起こしておくのは、心もからだも成長するなと言っていることと同じです。

ただし、モーツァルトやブラームスの「子守歌」は、聞き手に緊張を強いる独唱用の曲であることをお忘れなく。かえって目を覚ましてしまいます。

三歳までは、断固として、テレビ・ビデオは見せないこと。ビデオによる早期教育は耐震強度偽装にあたります。言葉と笑顔とだっこさえあれば、子どもの心は育ちます。

人生のよろこび、「わらべうた」

次は、「わらべうた」です。泉からほとばしりでた水は、細流となって山を下りはじめます。水草や石や昆虫や小鳥と遊びながら。その遊びが「わらべうた」です。昔から、その土地に住む親と子が、長い間一緒に歌い遊んできた言葉と音楽が、今も、親と子を楽しい遊びに誘ってくれます。その遊びの世界の経験こそが、子どもたちに（おとなにも無論）人生のよろこびを感受する力を育ててくれるのです。

理屈は不要です。さっそくお手元の『にほんのわらべうた』を聞き、まず次に示すリストの中から、お子さんの年齢にふさわしい「わらべうた」を探し出し、覚えて遊びはじめてください。まるで魔法にかかったように、お子さんの顔が輝きます！

どうぞお子さんが卒園するまでに、三〇以上の「わらべうた」を、つまり、私たちの国の、躍動的でリズミカルでおもしろく美しい言葉を、そして楽しい音楽を、人間の文化そのものを、お子さんに伝えてください（以下で、カッコ内は『にほんのわらべうた』中の巻数とページ）。

●赤ちゃんも一緒に楽しめる歌

おふねがぎっちらこ（1巻20頁）、うまはとしとし（2巻14頁）

ちょちちょちあわわ（3巻70頁）、おやゆびねむれ（3巻70頁）

ねんねんころりよ（3巻78頁）

●三、三歳から楽しめる歌

おせよおせよ（1巻58頁）、もちっこやいて（1巻66頁）

どのこがよいこ（2巻22頁）、どんどんばし（2巻30頁）

こどもとこどもがけんかして（2巻70頁）

おせんべやけたかな（3巻31頁）

あしたてんきになあれ（3巻53頁）

いちばんぼしみつけた（3巻79頁）

●四、五歳から楽しめる歌

たけのこめだした（1巻16頁）、ほ　ほ　ほたるこい（1巻28頁）

あめこんこん（1巻80頁）、はやしのなかから（2巻50頁）

いちにっさん　にのしのご（2巻68頁）

おてぶしてぶし（3巻6頁）、なべなべ（3巻10頁）

ちょっとぱーさん（3巻14頁）

● 五－六歳からあそびを十分楽しめる歌

はないちもんめ（2巻40頁）、うめとさくら（1巻6頁）、じごくごくらく（1巻8頁）

げたかくし（2巻38頁）、ねことねずみ（2巻60頁）

ちゃつぼ（2巻68頁）、いちわのからす（3巻48頁）

手順とコツ

①歌はハ長調で採譜されています。すぐに歌えると思います。楽譜が苦手な方、あるいはその歌の雰囲気を知りたい方は、四巻目についているCDを利用なさってください。

②遊び方は、絵と写真でわかりやすく説明されています。すぐに遊べると思います。

③なぜ「わらべうた」が子どもの成長に大切なのか、それを理屈でも知りたい方は巻末の座談会をお読みください。詩人、音楽家、昔話の研究家、図書館員、園や小学校の先生が、それぞれの立場から「わらべうた」の重要性を語っています。

④また、調味料『幼い子の文学』は、子どもの文学の中での「わらべうた」の位置を、『詩ってなんだろう』は、詩としての「わらべうた」を、『音楽の根源にあるもの』は、音楽としての「わらべうた」を見事に語っています。座右の書になさってください。

心おどる、絵本の世界へ

絵本を読んでやりましょう

さて、テレビは消したでしょうか。お子さんは「子守歌」でねむり、お母さん、お父さんと一緒に「わらべうた」を楽しんでいるでしょうか。泉は清らかな水に満ち、あふれ、水は歌いながら山を駆けおりはじめたでしょうか。りすが、うさぎが、きつねが、くまが、水を飲みにやってきています。岸辺には若草が萌(も)え、蝶(ちょう)が舞い、見上げれば紺碧(こんぺき)の空。涼やかな風が川面で戯(たわむ)れています。準備は整いましたか？　絵本が子どもたちを待っています。

でも、洪水のように町にあふれている絵本を前にして、いったいどれを読んでやったらいいのだろうと、頭をかかえている方のためのレシピをご紹介します。

材料

『絵本と私』中川李枝子、福音館書店

『絵本はともだち』中村柾子、福音館書店
『今、この本を子どもの手に』東京子ども図書館編

調味料
『絵本論――瀬田貞二 子どもの本評論集』瀬田貞二、福音館書店

絵本の選び方

『絵本と私』は、『ぐりとぐら』や『いやいやえん』の作者中川李枝子（なかがわりえこ）さんが、愛してやまぬ絵本一冊一冊への思いを、まるで中川さんの声が耳もとで聞こえてくるように生き生きと具体的に語っている、実に魅力的な、しかもたぐいまれな絵本のリストにもなっている本です。

『絵本はともだち』は、長年保育者をなさっていた中村柾子（なかむらまさこ）さんが、絵本を通して学んだ子どもの成長する姿と、子どもを通して学んだ絵本の豊かさを、深い驚きとよろこびをもとに丁寧に記している、子どもと絵本入門の書です。巻末には、中村さんが子どもたちに読み続けてきた、そして子どもたちが心おどらせながら聞きつづけてきた一〇〇冊の絵本のリストが載っています。私は若い保育者たちに、「スマートフォンを捨て、浮いたお金で中村さんのすすめる一〇〇冊を買って、卒園までに子どもたちに全部読んでやってくれ！」と言っています。

『今、この本を子どもの手に』は、幼児から中学生以上までの子どもたちのために丹念に選

ばれた、しかも半世紀以上前、私が一〇歳のころに夢中になって読み、今も楽しんで読んでいる本がたくさん入っている、うれしいリストです。言葉や物語のみでなく、挿絵にまで丁寧に言及しているので、子育て中の方は安心して座右の書になさるといいと思います。

調味料（参考書）は、瀬田貞二（せたていじ）さんの『絵本論』一冊で充分です。絵本がどんなに心おどる芸術であるかを、わかりやすく、見事に解きあかしています。

ポイント

①絵本選びに慣れるまでは、右記材料を吟味し、あるいは図書館や園の先生に聞き（時々訓練されていない図書館員や先生がいるので要注意）、お子さんがうれしくて楽しくなってしまいそうな絵本を選び、ともかく読んでやりはじめること。そのためにはご自分が幼いころくり返し読んでもらった絵本、あるいは楽しかった遊びを思い出すことが大切です。スタートは、お子さんと、お母さん、お父さんの心とからだが、言葉と遊び（基本は「わらべうた」）を通してしっかりと結び合っていれば、いつからだってかまいません。

②決して、資源ごみ回収の日に、ひもで結わえて捨てるような本は買わないこと。本を買うときは、この本が曾孫（ひまご）の代まで残るかどうかを考えて選ぶこと。奥付をよく見て、子どもたちが何代にもわたり愛し守り抜いてきた本を選ぶのもよい方法です。イギリスには「三代続いたものでな

いと絵本とは言えない」ということわざがあるそうです。

③本屋では、買う前に、本の作りがしっかりしているかどうか確かめること。なにしろ曾孫の代まで生き残ることが肝心なのですから。恥ずかしがらずに声に出して読んでみて、読みやすくわかりやすく、おもしろいかどうか確かめること。次に、ページをくりながら、絵が物語を十分に語っているか、あたたかくユーモアに富んでいるか、デッサンも色彩も構図も、わが子がものを深く見たり感じたりする力を育ててくれるものであるかどうか、懸命に五感を働かせて選んでください。

④少々抽象的なレシピになりました。くわしくはどうぞ万能調味料『絵本論』の「1　絵本に出会う」をお読みになり、子どもと絵本の関係の基礎を学んでください。

絵本の読み方

次は絵本の読み方です。心を込めて読んでやればそれで十分です。子どもたちが愛し守り抜いてきた絵本は、心を込めて読まざるをえない質をもっているものですが、時々砂糖と塩をまちがえるあわて者がいます。次の「手順とコツ」も目を通してください。

手順とコツ

①毎日読んでやること。毎日の食事と同じで、なるべく手抜きはしないように。
②力まず、気取らず、焦らず、お芝居をせず、ふつうに、ゆっくり、読んでやること。
③字が読めるようになったら、読めなかったころよりも、もっともっと読んでやること。幼い子どもたちにとっては、言葉も物語も、目で字を追うことよりも、耳から聞くことの方がはるかに、心にまっすぐとどくからです。
④一〇歳までは読んでやること。おとなと違い、子どもたちは物語の主人公になりきったり、あるいは主人公とごく親しい関係になります。これは、子どもたちが大きくなるためには、日常生活の体験だけでは足りず、主人公と共に、未知なる人や動物や妖精や悪魔と出合ったり、襲ってくる嵐や雪崩や津波や、あるいは、裏切りや暴力や誘惑に立ち向かいながら、人間の世界を知り、自らを成長させるためです。これは子どもたちにとって、相当怖く、しんどい行為です。少なくとも一〇歳までは、読書には連れ添うおとなが、水先案内人として必要なのです。
⑤読んでやりながら、質問したり、説明したり、いわんやお説教をたれたりしないこと。
⑥読み終えたら、そっとしておいてやること。今読んでやった物語の筋書きを言ってごらん、なんて野暮なことは言わないこと。すぐに本が嫌いになります。いかなることがあろうとも、感想は聞かないこと。まちがえても、ああおもしろかった、と言った子どもに、どうおもしろかっ

たか言ってごらん、なんて猫なで声で言わないこと。母親がオニババに変身するときです。感想を聞くことが、子どもを本嫌いにさせる、最も確実な方法です。

⑦最後に、お子さんの心とからだを守るために、日本小児科医会「子どもとメディア対策委員会」からの市民へのメッセージを記しておきます。

- 二歳までのテレビ視聴はやめましょう。
- 授乳中・食事中のテレビ・ビデオの視聴はやめましょう。
- すべてのメディアへ接する時間制限をしましょう。目安は一日二時間まで。テレビゲームは一日三〇分が目安（六年生が基準です）。
- 子ども部屋にはテレビ・ビデオ・パソコンは置かないようにしましょう。
- 保護者と子どもでメディアを上手に利用するルールを作りましょう。

（『子どもとメディア』の問題に対する提言」二〇〇四年二月六日
https://www.jpa-web.org/dcms_media/other/ktmedia_teigenzenbun.pdf
アクセス二〇二一年七月二一日）

小学生にたくさんの詩を！

子どもが人生の最初に出合う「子守歌」「わらべうた」は、その土地の言葉で生活の中から生まれた詩に、節回しがついたものといえるでしょう。その意味では、当然、詩の世界に深くかかわるもの、詩の流れにあるものといえます。

次に紹介するレシピは、少し早めのご紹介、お子さんが小学校に入ってからのお楽しみ、と受け取ってください。

材料

『おーい　ぽぽんた　声で読む日本の詩歌166』茨木のり子・大岡信・川崎洋、岸田衿子・谷川俊太郎編集、柚木沙弥郎画、福音館書店

調味料

『茨木のり子集　言の葉』（全三巻）茨木のり子、筑摩書房

『詩のこころを読む』茨木のり子、岩波ジュニア新書

詩のアンソロジー『おーい　ぽぽんた』をつくる

子どもたちのための詩のアンソロジー『おーい　ぽぽんた』を企画したのは、私がまだ福音館書店に勤めていたころのことです。編集委員を引き受けていただきたい方々に、私はこんな手紙を差し上げました。

この企画は、素朴に、小学生にたくさんの詩を口ずさんでほしいという思いから生まれました。今子どもたちは、私たちが申し上げるまでもなく、詩とはあまりにかけ離れた世界に住んでいます。それでもかろうじて教科書を通して、この世に詩というものがあることだけは認識するのですが、残念ながらほとんどの子どもたちは詩を嫌いになっています。

みんなと一緒に同じ詩を読まされることに抵抗感を持つ子どもたちもいるでしょうし、つまらない解釈ばかりさせられるのでいやになってしまう場合もあるのでしょうが、何といっても詩の選び方に問題があると思えます。教科書にはこれが詩か？　というものから、まるで楽しくない、心が弾まないものが多くのせられ、しかも子どもたちはそれを暗唱させられたりしているのです。

昔、百人一首を子どもたちが諳(そら)んじて楽しんだように、私たちの国の古い詩、例えば万葉集から、つい昨日できたばかりの新しい詩まで、それを覚えて声にすると心が弾むようなものばかりを選んで、子どもたちに手渡すことができないだろうか。それができれば、子どもたちは、自分たちの住む国の言葉が持っている美しい響きを、理屈を学ぶはるか以前に、自ら体験できるはずだ、そう考えたのです。少し大げさな言い方をいたしますと、子どもたちに、二十一世紀をしゃんと生きていけるような、母国のことばを贈りたいと考えたのです。

そして、実は、この企画を実現するために、まずお目にかかりたかったのが、詩人の茨木(いばらぎ)のり子さんでした。折に触れ茨木さんの詩やエッセイを読み、また、詩の入門書『詩のこころを読む』(岩波ジュニア新書)を読んでいた私にとって、茨木さんはどうしても編集委員になっていただきたい、それも中心になっていただきたい方でした。

言葉も人間の関係も、あまりにもろく崩れていこうとしている中で、茨木さんはいつも背筋を伸ばし、ほほえみを浮かべ、けしてあきらめることなく、しかも何にもよりかからず、言葉を信じて、すっくと立っていらっしゃる。それも子どもたちのごく身近にと、そんなふうに思っていたのです。茨木さんは、ほほえみながら、即座に、快く、編集委員を引き受けてくださいました。

こどものころに、おぼえた歌や詩が、今でもふっと口をついて出てくることがあります。むかしはさっぱり意味がわからず音だけ記憶していたものが、おとなになって、やっと意味がわかったものもあります。（中略）

むかしこども……今おとなの皆が、わいわいがやがや、けれど真剣に選んだアンソロジーです。

気に入ったものがあったら、くりかえし、声に出して、暗記してみてください。

私もあらためて、暗唱したいものに、たくさん出会いました。

これは、『おーい　ぽぽんた』の巻末に記された、茨木さんから若い読者へのメッセージです。約一年間、編集委員の皆さんが「わいわいがやがや、けれど真剣に」いく度も編集会議を開いてくださり、万葉集から現代詩まで一一六編が選ばれました。そして、川崎洋さんの詩「たんぽぽ」の一節を表題にし、大岡信さんの贅沢な「俳句・短歌鑑賞」をつけ、柚木沙弥郎さんの絵を得て、『おーい　ぽぽんた』はできあがりました。

この本はずいぶん大きな反響を呼び、多くの読者を獲得しましたが、私にとってとてもうれしかったことは、ニューヨーク在住の方々が、わが子に、英語の前にまず美しい日本語を経験させたいとお思いになったのでしょう、たくさん買ってくださったこと。そして、東京へ編集委員の岸田さん大岡さんをお招きして、子どもたちの暗唱大会が行われたことでした。五〇〇名ほどの親子を前に、三〇名の子どもたちが『おーい　ぽぽんた』中の詩のいく編かを暗唱して披露（ひろう）したのです。舞台と客席、詩を朗読する者が一体となった、心おどる、なんともゆかいな時間でした。その昔、小学生のころ、『赤毛のアン』を通して、カナダの子どもたちの詩の暗唱大会のことを知りうらやましく思い、日本でも同じようなことができないだろうかと考え続けていた私にとっては、夢が実現した至福の瞬間でもありました。

茨木さんとのお別れと手紙

この連載を準備していた二〇〇六年二月一七日に、茨木のり子さんはお亡くなりになりました。私はその翌月の三月に、茨木さんからお手紙をいただきました。

……これは生前に書き置くものです。……「あの人も逝（い）ったか」と一瞬、たったの一瞬思い出して下さればそれで十分でございます。あなたさまから頂いた長年にわたるあたたかなおつきあいは、見えざる宝石のように、私の胸にしまわれ、光芒（こうぼう）を放ち、私の人生をどれほど豊かにして下さいましたことか……。深い感謝を捧げつつ、お別れの言葉に代えさせて頂きます。ありがとうございました。

本書を通して私は、「物語を読むことが、人生をより色濃く、面白く、楽しく生きることにつながる」「子どもの成長と物語には特別な関係がある」ということを皆さんに伝えようとしています。

この別れの手紙の、茨木さんが「あなたさま」と記していらっしゃるところを「物語」あるいは「詩」と置き換えて読んでみてください。「見えざる宝石のように胸にしまわれ、光芒を放ち、人生をどれほど豊かにするか」。それが子どもたちにとっての詩と物語の経験、と考えられます。茨木さんはこの別れの手紙で、そして、『おーい　ぽぽんた』巻末の若い読者へのメッセージで、物語や詩と子どもとの関係を、見事にわかりやすく語っていらっしゃると思います。

いかに多くの方々へのお別れの言葉であったにせよ、私信を公表してしまうことの非礼は心得ているつもりです。けれども、茨木さんの詩にふれ、背筋を伸ばし、何とか元気に生きていこうと思われた方が多くいらっしゃるに違いないと思います。それに、なんだか茨木さんはそういう方にこそ、この手紙を差し上げたかったのではないかと思い、ここに記させていただきます。

「がらがらどん」を生んだ北欧の文化と自然

ノルウェーで「がらがらどん」を聞く

三年前に、幼稚園や保育園の先生方とご一緒にノルウェーに行ったおり、二〇歳を少し越えたばかりの観光バスの運転手に、まさかとは思いつつも、「『三びきのやぎのがらがらどん』を語れる？」と聞いてみました。実はそのさらに五年前、友人たちと初めてノルウェーに行ったときに、四〇歳前後の運転手が「ノルウェーの父親で『三びきのやぎのがらがらどん』を語れない者はいない」と言って、時速一五〇キロのバスの中でこの昔話を語ってくれたのです。「無理ですよ」。若い運転手の答えはあっさりしていました。

ところがそれから三〇分ほどして、バスがちょうど物語のやぎたちが渡ったような、流れの激しい谷川のほとりにさしかかったとき、マイクから口ごもりながらの運転手の声が漏れはじめました。もしやと思って耳をすますと、それは紛れもなく『三びきのやぎのがらがらどん』でした。「トリップトラップ　トリップ　トラップ」。彼のおずおずとした声が流れてきます。瀬田貞二さんが、橋を渡るやぎの蹄(ひずめ)の音を「かたことかたこと　がたごとがたごと　がたんごとんがたんごとん」と、やぎの大きさに合わせてお訳しになったところです。バスの中には、にわかに緊張感が漂い、しかしたちまちにしてそれはよろこびに変わり、彼の語りが終わると同時に、盛大な拍手がわき起こりました。「初めて語りました。子どものころ父がよく話してくれました!」。彼は、無事語りおおせたことに自ら驚き、興奮していました。

さて、今月のレシピです。トロルの力を借りながら、昔話と昔話絵本の世界を少しのぞいてみようと思います。

材料

『三びきのやぎのがらがらどん』ノルウェーの昔話、マーシャ・ブラウン絵、瀬田貞二訳、福音館書店

『ノルウェーの昔話』アスビョルンセンとモー編、大塚勇三訳、エーリク・ヴェーレンシオルほか画、福音館書店

調味料

『ホビットの冒険』J・R・R・トールキン作、瀬田貞二訳、岩波書店

『ソリア・モリア城』世界むかし話・北欧、瀬田貞二訳、カイ・ニールセン/イングリ&エドガー・

ダウレア画、ほるぷ出版
『五人の語り手による北欧の昔話』レイムン・クヴィーデラン／ヘンニング・K・セームスドルフ監修、川越ゆり訳、古今社

マーシャ・ブラウンのブルー

まずは、材料の『三びきのやぎのがらがらどん』をお子さんに読んでやってください。私の手元の一九六五年の本が第一四四刷と奥付に記されているので、『おおきなかぶ』や『てぶくろ』や『おおかみと七ひきのこやぎ』や『ねむりひめ』や『ブレーメンのおんがくたい』同様、子どもたちが愛し守り抜いてきた昔話絵本であることがよくわかります。

初めてこの絵本を目にしたとき、私は絵の美しさと、絵が闊達（かったつ）に物語を語っていることと、絵全体が醸（かも）し出している上質なユーモアに舌を巻きました。まぎれもなくこの三つが絵本の絵の基本です。けれども、ひとつだけ気になったことがありました。水の色です。いくら谷川だといっても、ブルーが勝ちすぎていると、そう思ったのです。ところがノルウェーで谷川を見て仰天しました。水の色がマーシャ・ブラウンの描いたあのブルーなのです。氷河まで行ったとき、説明を聞いて疑問は氷解しました。水は黄色や赤色の光を吸収します。そして、水中のゴミやプランクトンに散乱されて、補色である青緑色の光が海や湖、川の水面に出てくるので

す。だから太陽光線の中のブルーだけを溶かし込んだように見える。実際目の前にそびえた氷河は、深く明るいブルーでした。そしてその氷河が融けて流れる水も、ブルー、というわけです。

けれども驚きはそれだけではありませんでした。『三びきのやぎのがらがらどん』を読んでもらった子どもが、いつか大きくなって、そのことを忘れてノルウェーに行ったとしても、瞬時にして思い出すことができるほど、マーシャ・ブラウンは見事にノルウェーの自然を活写しているのです。私は、思わず、園の先生方と氷河の氷片でオンザロックを作り、心から著者にお礼の乾杯をしました。

トロルと北欧人

それにしても一体なぜ、北欧の人々はトロルが好きなのでしょう。ノルウェーのどこに行ってもトロル、トロル、トロル。お土産もトロルです。トロルと言っただけで北欧の子どもたちは怖そうな顔をするし、おとなは懐かしいものに触れたような、心底うれしそうな顔をするのです。トロルは妖精の一種とされていますが、鼻や耳がおおきく毛むくじゃらです。妖精といっても、虫の羽の生えた軽やかなものとは正反対のイメージです。

そういえば旅の仲間の中に、森の中や谷川のほとりでホントにトロルを見たという方が現れました。私もまた、針葉樹林の中に、谷川の岩の影に、湖のほとりに、たしかにトロルの気配だけは感じました。このことは、どうやらトロルが北欧の自然の厳しさ、脅威と深く関係していることを証(あかし)しているように思えます。時に人の命を奪いかねないほどの不気味で恐ろしくて粗暴なトロル。しかし注意深く、頭を使って相対(あいたい)しさえすれば、なんとか克服することもできる。『三びきのやぎのがらがらどん』や「森でトロルに出あった男の子たち」*などは、そのことを明確に告げています（＊『ノルウェーの昔話』所収。以下の＊タイトルも同じ）。

トロルは、自然の脅威の化身であると同時に、主人公が知恵を働かせて戦い、なんとか打ち負かし、ついには幸せを手に入れるための相手でもあります。つまりトロルは、子どもたちの成長をうながすもの、としても語られているのです。二〇世紀最大のファンタジーのひとつ、『ホビットの冒険』に出てくる、あの獰猛(どうもう)で、強くて、大きくて、しかも間の抜けたところのあるトロルが、何とこの二つの物語のトロルと似ていることでしょう！　この成長をうながす点に関しては、「ふたりの娘」*も同様です。井戸に飛び込んだ娘の前に現れたトロルばあさん。醜くて、恐ろしく、意地悪で、娘に無理難題をふっかけてきます。ところがその難題に向かい合っているうちに、トロルの思惑とは違って、あるいはトロルの思いを越えて、娘は成長し、幸せをつかみます。

さらに、「旅の仲間」*「白クマ王ヴァレモン」*「青い山の三人のお姫さま」*になると、トロルは相変わらず恐ろしく醜い姿で、今度は若い二人の愛の成就を妨げようと、あるいは愛を破滅させようと傍若無人に振る舞います。そしてトロルの謀略で、愛がついに実らず、破滅に至ると思われた瞬間、大どんでん返しが起こり、愛はより美しくより強く成就するのです。つまり、愛を邪魔したトロルの行為が、かえって恋人同士の愛を深め、愛を確かめ、愛を成就させる力になるのです。どうやらトロルは、私たちだれの心の奥の奥にも住み着いている愛の指南役、とまで言いたくなるような妖精のようです。そこまでいけば、ノルウェーの人たちのトロル好きも、少しはわかるような気がします（『ソリア・モリア城』にもいくつかのトロルの昔話が収められているので、図書館などで併せてお読みください）。

ところで、フィンランドの父親は、一日一五分は、子どものために本を読んでやるのだそうです。ノルウェーでは、父親が子どもに昔話を語るのが普通だそうです。若い運転手が、『三びきのやぎのがらがらどん』を語り終えたあとで教えてくれました。結婚して子どもが生まれ、わが子に昔話を語る日を今や遅しと待っているのかもしれません。

一方、日本では、二〇一八年に子育て・育児支援のポータルサイト「こそだて」が実施したアンケートで、父親の帰宅平均時間の一位が二二時以降という結果が発表されました（https://www.dreamnews.jp/press/0000181575/）。

昔話に生きる生涯の友だち

年齢を重ねるほど増す昔話の魅力

前回の北欧のトロルにつづいて、今回はグリムの昔話の中で、私が子どものころからずっと惹(ひ)かれていた女性についてお話ししたいと思います。

私が幼いころ故郷の長岡で、冬の間長火鉢(ながひばち)の前で祖母から聞いた昔話は、ほとんど「あったてんがの　むかーしな」で始まり、結びの言葉は「いちゃんぽーんとさけた」でした。「息がぽーんとさけた」あるいは「一期栄(いちご)えた」がなまったものでしょう。「むかしむかしあるところに」が、この世の時間と空間の「向こう」をさしていることはよく知られていますが、結びの言葉は、「向こうでたっぷり遊んだのだからもうこちらに帰っておいで」という合図、と考えればまちがいないでしょう。ヨーロッパの昔話の結びによく使われる「死んでなければまだ生きてるはずですよ」も、「向こうで会った人や動物たちは、こちらに帰ってきても、ちゃんと心の中に生きている」という意味で、やはり日本と同じでしょう。

おすすめの材料

『グリム童話集』（1―3）相良守峯訳、茂田井武絵、岩波書店（新版、佐々木田鶴子訳、出久根育絵、岩波少年文庫）

『イギリスとアイルランドの昔話』石井桃子編・訳、ジョン・D・バトン画、福音館書店

『ロシアの昔話』内田莉莎子編・訳、タチヤーナ・A・マブリナ画、福音館書店

『日本の昔話』（1―5）小澤俊夫再話、赤羽末吉画、福音館書店

グリムは、小学校に入る前後から母が、岩波文庫の金田鬼一（かねだきいち）訳でよく読んでくれました。私は、祖母の語る日本の昔話とは違った、鮮やかで濃厚な物語をたっぷり楽しみ、多くの「今でもたしかに私の心の中で生きている」魅力的な主人公にたくさん出会いましたが、その中でも、とりわけ、私が年齢を重ねるほどに魅力を増してきた一人の女性がいます。「漁師とおかみさん」の主人公イルゼビルです。

生きているイルゼビル

貧しい漁師の釣り上げたヒラメが、じつは魔法の魚で、漁師は海に逃してやります。ところが夫からそれを聞いた妻のイルゼビルは、魔法の魚ならば望みを叶（かな）えてくれるにちがいない、

もっと豊かな生活がしたいと言いだします。夫をたきつけ望みをヒラメに伝え、それが叶えられると、彼女の喜びは瞬時に新たな欲望へと変わり、ふくれ上がり、権力までをも手に入れ、ついには欲望の極み、神になりたいという思いにとりつかれ、たちまち零落（れいらく）、もとの惨（みじ）めな生活に戻る……というのが「漁師とおかみさん」のあらすじです。

母から読んでもらったとき、それまで知っていた昔話とも、今まで物語の中で経験した女性とも全く違う、異様な物語、そして人に出会ったという感じがしました。数年後の小学校四年生の秋、突然担任の教師に図書室に呼ばれ、この物語を読みなさいとガリ版刷りを渡され、見れば、それが何と「漁師とおかみさん」でした。読後感想を聞かれ、私はひと言「欲張りなおかみさんだと思います」と言い、教師の前から逃げ出したのですが、教室に戻る廊下で、自分に対しての激しい憤（いきどお）りが沸き上がってきたことをよく覚えています。イルゼビルとその物語に対して、山のように、言いたいことをたくさん持っていたはずなのに、それを口にすることのできなかったことが悔しくてならなかったのです。

イルゼビルは欲張りだったのかもしれないけれど、なんだかとてもそれだけでは言い切れない、暗くて不思議な人間の心の中を、私に見せてくれたように思っていたのです。でもそれが何であるか、たしかに感じることはできても、一〇歳の私には言葉にして語ることは到底できないことでした。それならば、しどろもどろでいいから、せめて正直に「わかりません」と言えばよかったと、それもまた悔しさとしてずっとあとになるまで心に残っていました。

岩波少年文庫の『グリム童話集』（上）の刊行は私が五年生のときですが、「漁師とおかみさん」は「漁師とその妻」というタイトルで入っていました。私は、今度は相良守峯訳で、何度も何度も自分の目でこの物語を読むことになります。イルゼビルはますます不思議で、しかもいささか恐ろしい女性に見えてきたものの、私は、しばらくの間は、物語の中にのみ存在する女性と思っていたようです。しかし、思春期から青春期にかけて、物を作る、物語を創造する、描く、奏でる、という行為の裏側には、まちがいなく「神になりたい」という望み、いや、激しい欲望があるということを知るにおよび、私の前にイルゼビルは生きた女性、人間として立ちはだかるようになりました。

おとなになってから、一八一四年には、没落したナポレオンを「イルゼビルが没落した」と庶民が言ったということ、さらに、一九四五年のヒトラーの自殺に対して、「イルゼビルが死んだ」という新聞の記事があったことを知り、イルゼビルが普遍的な人間像、「権力者イルゼビル」として人々の心の中に棲みついていることも認識しました。『ブリキの太鼓』をお読みになった方、あるいは映画を見た方もいらっしゃると思いますが、現代作家の旗手の一人、ドイツのギュンター・グラスは大作『ひらめ』（高本研一・宮原朗訳、集英社）で、この物語を下敷きに、いく度もイルゼビルを登場させながら歴史を人間を描き出しました。日本が高度成長やバブルに浮かれ、豊かさと便利さだけを追い求めて突っ走っていたころには、欲望が抑えようもなくふくれあがり、イルゼビルと同様に、私たちの心から安心感や静けさや満足感が奪われていったことを多くの人が経験しました。イルゼビルは「死んだ」どころか、ちゃんと「生きている」のです。

昔話研究から

ところで、一九八五年に、ドイツの昔話学者のハインツ・レレケが、「漁師とおかみさん」には、グリム兄弟に原稿を渡した画家のフィリップ・O・ルンゲの創作が相当含まれていて、語られた昔話をそのまま再話しているのではないということを、『グリム兄弟のメルヒェン』（小澤俊夫訳、岩波書店）で明らかにしました。というのも、ルンゲがこの話を五人の友人に書き送り、そのつど異なる再話をしていること。夫が妻の命（めい）を受けてヒラメに会いに行くときの海の色の変化が、ルンゲの虹の研究に基づくものであること。次第に荒れていく海の描写が、ルンゲがバルト海峡沿岸を旅したときの日記に酷似していること。さらに、口承文学とするには、あまりに細やかな描写がありすぎ、伝承不可能と思えること、などからです。

また、このルンゲの再話を、グリム兄弟は自分たちの昔話集の文体の基本型としましたが、それがグリムの昔話集の方向を定めることになったことも、レレケは示唆しています。語られたままの昔話集ではなく、読むためのものを目指すことになった、ということです。『グリム兄弟のメルヒェン』は、昔話研究の現場に私たちを案内してくれる、とてもおもしろい読み物なので一読をおすすめします。ルンゲの文学的な装飾を取り除いても、いや、取り除かなくとも、「漁師とおかみさん」がとびきりおもしろい昔話であることに違いはありません。

私は今では、掘っ建て小屋に座り込んでうつむいているはずのイルゼビルが、にんまり笑って、「そうかこれが人生だったか、ではもう一度！」と虎視眈々、次の心おどることを探しだし、そちらに向かって歩き始めようとしているように思えて仕方ありません。それにしても、六〇年間もつき合うようになり、もう友人としか言いようのないこんなにおもしろい女性を、幼いころ私に紹介してくれた母には、お礼の言葉しかありません。

さて、今回のレシピのコツは単純明快です。

「お子さんが生涯の友だちを物語の中に発見できるように、たくさんの素敵な昔話を読んでやってください！」ということです。

原風景へと誘う昔話の挿絵

茂田井武とモーリス・センダックの絵

昔話の挿絵について少し考えてみたいと思います。

前回グリムの昔話に触れたので、グリムから入りたいと思いますが、私にとってグリムの挿絵といえば、何といっても、小学校五年生の時に体験した、岩波少年文庫（当時）の『グリム童話集』（上・中・下）につけられた茂田井武（もたいたけし）の絵でした。素朴であたたかくて、生真面目（きまじめ）でユーモラス。つつましやかに物語の周辺を描くことによって、読者に何の押しつけもなく、気ままに気楽に物語の世界を旅することを許してくれるありがたい絵でした。

その後、おとなになってから、例えばオットー・ウベローデやルートヴィヒ・リヒターのもの、ウォルター・クレインのもの、また、フェリクス・ホフマンのものなど、さまざまな挿絵を見ながら、グリムの昔話には実に多くの画家たちが挑み、それぞれがすぐれた仕事をしていることもわかりました。その中でも、私は茂田井と対照的なのが、モーリス・センダックの描き方だろうと思っています（『ねずの木』）。こちらは、物語が消え去ったあと、心に残っている風景を描くことにこだわった佳作で、昔話の世界への案内人としてではなく、画家自身が昔話の住人になりきって描いている、という趣があります。茂田井の絵に、旅に出る前の軽やかさがあるとすれば、センダックの方には、旅のあとの充足感と、時に、四肢に残る疲労感、重苦しさがあるとでも言ったらいいのでしょうか。

どちらがいい、とか、私の好みなどを言おうとしているのではありません。昔話に絵をつけることができるとすれば、結局はこの二つの方法に集約されていくのだろうし、昔話の聞き手にしろ、読み手にしろ、おのおのが自分の心の中に独自な絵を描いているわけで、その場合も、茂田井とセンダックの間を、気ままに行き来しているのかもしれないと思っているからです。

聞き手が心に描く絵

それにしても、一体グリムが昔話集を作る前、実際に語り手から昔話を聞いていた子どもたちは、どんな絵を頭に描いていたのかとよく考えます。それは、私が幼いころに祖母から越後の昔話を聞きながら――ほとんどが水沢謙一さんの『夢を買う話』や笠原政雄さんの『雪の夜に語りつぐ』などに収められているものです――、頭に描いていた絵と重なるはずなのですが、残念なことに今ではさっぱりおぼえていません。おぼえてはいないのですが、冬の夜の、ねむる前のひと時、長火箸（ながひばし）で長火鉢（ながひばち）の灰をならしながら祖母が語ってくれた物語を、頭の中で絵にすることによって、これ以上の満足はないといった至福の思いで、「向こう」の世界で遊んでいたことだけはしっかりとおぼえています。というのは、絵が全く思い描けなかったらお話を楽しめる道理はなかったし、それに、いかに見事な絵のついている、日本の昔話の絵本や昔話集の挿絵を見ても、私が祖母の語りを聞いて自分で思い描いていた絵とは違う、という強い思いが頭をよぎるからです。例えば、水沢謙一さんが再話し、梶山俊夫さんが絵をつけた『さんまいのおふだ』は、話の内容は祖母が語ってくれたものとはほぼ同じです。越後の風景は、梶山さんの筆に見事にとらえられていて、私は梶山さんの絵をたよりに故郷の風景の中で遊ぶこともでき、さらには多くの子どもたちに経験してほしい絵本とも思ってはいるのですが、それでも、何か、私は違う絵を見ながら祖母の語りを聞いていたように思うのです。

「ムカシという語じしん、ムカフ（向）に由来しており、一つのかなたなる、向こう側の時期を指し示しているといっていい。その点ムカシはイニシエ＝往ニシエ（古）とは、含意するところをおのずと異にする」。これは西郷信綱さんの『神話と国家』の中の一節ですが、ひょっとすると、このあたりに幼い昔話の聞き手の、心の中で描かれる絵の手がかりがあるのかもしれません。語られている世界は、「一つのかなたなる向こう側の時期」の話なのです。この世の、目に見える風景、あるいは経験を積めば見えてくる具象の世界とは全く異なる「向こう」の世界です。そしてその世界こそ、幼児には思い描くことのできる、おとなにとっては、もはや夢の中か、プリミティブ（原始的）な絵の中でしか見ることのできない、人間にとっての原風景とでも名付けたくなる世界だったのかもしれません。

祖母の話を聞きながら、私は、ついぞ具体的に、登場人物の顔や物語の舞台を思い描くことはなかったように思いますが、しかし、私に注がれている祖母の眼の中に、私は確かに「向こう」の世界の、吹雪や森や海や動物や人を、感じていたし、触れてもいました。その何よりの証拠は、祖母の語った登場人物の多くは、そして風景は、断片的ではあるにせよ、私の心の中で「まだ生きている」からです。

とすれば、私が五年生で茂田井武の絵に親しみを感じたのは、昔話を聞く年齢から読む年齢に入った私を、彼の絵が今一度原風景の近くにまで案内してくれたからなのでしょうか。そしておとなになってからセンダックの絵にひかれたのは、彼が執拗（しつよう）に原風景を描くことに挑みながら、私に「おまえもまだ原風景を見ることができるか」といっているように感じたからなのでしょうか。先に紹介した『ノルウェーの昔話』『イギリスとアイルランドの昔話』『ロシアの昔話』『日本の昔話』などの挿絵は、このすぐれた二人の画家の間を行きつ戻りつ、時に水先案内人として、時に昔話の世界の原住民として、私たちを「向こう」の世界に導いてくれているようです。

生きるよろこびにつながる絵本

さて絵本はどうか。私は「昔話絵本」という特別のジャンルがあるのではなく、そこに物語絵本があるだけだ、と思っています。したがって、昔話絵本は子どもにとって必要か、という議論は私には無用です。私は、『てぶくろ』『三びきのやぎのがらがらどん』『おだんごぱん』『おおかみと七ひきのこやぎ』『ねむりひめ』、『金のがちょうのほん』『ブレーメンのおんがくたい』『かさじぞう』『おおきなかぶ』『さんまいのおふだ』『かにむかし』などをいつも机のそばにおいて楽しんでいます。

それは、決してこれらの絵本の絵が、私が幼いころ耳で聞いたり、読んだりしながら自分の心の中で見ていた絵をよく表してくれているからではありません。そうではなくて、どの昔話につけられた絵も、まず絵として美しく品位があり、その上で物語を存分に語り、ユーモアもたっぷりある。しかもラチョフの言うように「絵が物語を補足し発展させている」し、時に物語と絵が、別々のことを主張しているように見えながらも、センダックが述べるところの相互に深め高め合う「対位法の関係」にあるからです。つまりは、私が祖母の眼の中に見えていた原風景としか言いようのない、深い霧の中で描かれているような、それでいて驚くほど鮮明な部分もある風景を決して損なうことなく、具体的に、目に見えるように、描かれているのです。そして、それぞれの絵本を通してひとつの新しい、しかもとびきりおもしろい物語の経験、絵本に触れることが生きるよろこびにつながる経験をさせてくれている、ということです。考えるまでもなくそれは、すぐれた絵本に共通して備えられている性質、あるいは条件、と言ってもいいのです。それこそが、わが子に絵本を選ぶときの基本のレシピと、私は考えています。

おすすめの材料

『グリム童話集』（上・中・下）グリム兄弟編、相良守峯訳、茂田井武画、岩波書店

『グリムの昔話』（1－3）フェリクス・ホフマン編・画、大塚勇三訳、福音館書店

『1812初版グリム童話集』（上・下）グリム兄弟、乾侑美子訳、小学館文庫（O・ウベローデ／L・リヒター画）

『ねずの木──そのまわりにもグリムのお話いろいろ』（I・II）グリム、矢川澄子訳、モーリス・センダック画、福音館書店

『夢を買う話』水沢謙一、長岡書店の会

『雪の夜に語りつぐ──ある語りじさの昔話と人生』笠原政雄語り、中村とも子編、吉本宗画、福音館書店

『さんまいのおふだ』水沢謙一再話、梶山俊夫画、福音館書店

『神話と国家──古代論集』西郷信綱、平凡社選書

『てぶくろ』ウクライナ民話、エウゲーニー・M・ラチョフ絵、内田莉莎子訳、福音館書店
『三びきのやぎのがらがらどん』ノルウェーの昔話、マーシャ・ブラウン絵、瀬田貞二訳、福音館書店
『おだんごぱん』ロシアの昔話、瀬田貞二訳、脇田和絵、福音館書店
『ねむりひめ』グリム童話、フェリクス・ホフマン絵、瀬田貞二訳、福音館書店
『金のがちょうのほん――四つのむかしばなし』レズリー・ブルック文・絵、瀬田貞二／松瀬七織訳、福音館書店
『ブレーメンのおんがくたい』グリム童話、ハンス・フィッシャー絵、瀬田貞二訳、福音館書店
『かさじぞう』日本の昔話、瀬田貞二再話、赤羽末吉絵、福音館書店
『かにむかし』木下順二作、清水崑絵、岩波書店
『おおきなかぶ』ロシア民話、A・トルストイ再話、内田莉莎子訳、佐藤忠良絵、福音館書店

スイスで出合った絵本の本質

失われた本質

静謐(せいひつ)とか高雅(こうが)とか清廉(せいれん)とか、こういう言葉を、近ごろさっぱり耳にしなくなりました。豊かさと便利さという、目に見えるものだけを求めて狂奔(きょうほん)した高度成長期、バブル期を経て、私たちの国はあまりに騒々しく浮き足立ち、そうとは知らずに、私たちの目と鼻と耳はすっかりやられ、何が本当に大切なことなのか、わからなくなってきてしまったようです。絵本も例外ではありません。

先日、ある昔話絵本シリーズを見ていたら、「したきりすずめ」で、寝ているはずのスズメが、横たわり脚を縮めた軀(むくろ)として描かれ、牛あらいの洗う牛はなんとホルスタインになっていました!

「かさじぞう」では、裕福になった主人公の家に、囲炉裏(いろり)の上にあるべき煙出しの小屋が蔵の上にまで描かれていました。「ねずみのすもう」では太ったネズミと痩(や)せたネズミが、太ったネズミと小さいネズミに、「じごくめぐり」では、針の山が発育不良のネギ畑みたいになっています。「こぶとりじい」ではじいさんを踊りに誘う化け物が出生地不明の妖怪に描かれ、おまけにじいさんのこぶを見て、彼らが「こいつはなかまだ、入れてやれ」などと、こぶを持つじいさんを妖怪扱いする差別を平然と描きます。「へっこきよめさん」は笑い話を無理に絵本にしているためにひたすら薄汚くなり、あとは陰影のないアニメ風の絵がおざなりにつけられているだけでした。どの絵も、昔話が語られた地方の風物を、丹念にデッサンして描かれているとは到底思われず、絵本の本質も、子どもたちに何を見せ、何を伝えたいのかも、すっかりわからなくなってしまった典型的な絵本と思いました。

こういったたぐいの絵本を見ていると、私は、子どもたちは大丈夫かとにわかに深い不安に苛(さいな)まれ、あわてて五〇年以上、三代にわたって子どもたちが愛し守り通してきた絵本をひもときます。それでようやく、子どもと絵本に対する深い信頼感や感動がよみがえってきて、ほっと息をつくことができるようになるのです。

ホフマン家の物語

この夏、友人たちとスイスに行ってきました。『おおかみと七ひきのこやぎ』『ねむりひめ』を描いたフェリクス・ホフマン。『長ぐつをはいたねこ』『たんじょうび』『こねこのぴっち』

を創ったハンス・フィッシャー。そして『ウルスリのすず』『大雪』『フルリーナと山の鳥』のアロイス・カリジェ。彼らの絵、壁画やステンドグラスをぜひ見たかったのです。子どもたちは彼らの絵本を長い間愛し守り通してきましたし、静謐、高雅、清廉などという言葉を、この三人は絵本を通していつも深く感じさせてくれます。彼らの絵本と彼らの絵本誕生の場を見れば、今一度しかと、絵本の本質に触れることができるのではないか、そんな風に思っていたのです。そして、その思いは裏切られることはありませんでした。ここではひとつだけ、どうしてもお伝えしておきたいと思った旅での経験を紹介させていただきます。

フェリクス・ホフマンさんが、家族と生活をし、お仕事をなさったのはチューリッヒ近郊のアーラウという小さな町です。このアーラウの町を案内しながら、私たちをホフマンの世界に導いてくださったのは、ホフマンさんの長女サビーネさんでした。サビーネさんは、私たちをまずアーラウの町外れの山の上にある病院に連れていき、その病院の憩いの間の白壁にホフマンさんが描いたイソップ、グリムなどの壁画を見せてくださったあと、父親の絵本について語ってくださいました。「父は、三人の娘と息子のために絵本を描きました。『おおかみと七ひきのこやぎ』を三女スザンヌのために、『ねむりひめ』を次女クリスティアーネ、『ラプンツェル』は長女サビーネ、『七わのからす』は長男のディーターにという具合に」。

ホフマンさんの最初の絵本、『おおかみと七ひきのこやぎ』の誕生には、三女スザンヌの病気が深くかかわっていました。長男のディーターが生まれた時、二歳だったスザンヌは百日咳にかかり、弟を見ることも、さわることもできませんでした。部屋に隔離されている状態だったのでしょう。そのスザンヌを慰めるために、ホフマンさんは「おおかみと七ひきのこやぎ」を語ってやります。しかも、毎日、お話に合わせるように、アトリエでこの昔話の絵を二枚ずつ描いてスザンヌに届けます。それまで、主に教会のステンドグラスの絵を描いていたホフマンさんには、最初の、子どものためのイラストレーションでした。スザンヌは二歳だったのでまだ字は読めません。しかし、絵は読めます。父親が語ってくれているのですから。なによりも、父親の絵は、物語を見事に語っているわけですから！　やがてこの手製の絵本は完成しました。これが、今でも私たちの国の多くの子どもたち、それこそ二歳児から楽しんでいる絵本『おおかみと七ひきの子やぎ』の原型であり、ホフマンさんの最初の絵本になったと、サビーネさんが語ってくださいました。

この絵本誕生のドラマは、ここではくわしく触れませんが、『ちいさいおうち』や『いたずらきかんしゃちゅうちゅう』の作者バージニア・リー・バートンの絵本製作の態度にとても似ていて驚かされます。〈子どものために、子どもとともに〉描くのです。

心がよろこぶ本当の絵本

私は今まで、絵本の絵の基本は、まず絵画としてすぐれていること、絵が物語を語っていること、ユーモアがあること、とくり返し言ってきましたが、ホフマンさんは娘に絵を描いてやることによって、難なくこの三つを満たしました。もとより絵の技術は折紙付きです（このことは『絵本論』の中で、瀬田貞二先生が『ねむりひめ』の絵と物語の見事な分析をなさっています。お見逃しなく！）。物語る絵に関しては、なにしろ字の読めない娘のために描いたわけですから、どのページを開いても物語を語る両親の声が聞こえてくるように描かれています。しかも、やぎたちの住んでいる家はホフマンさんのアトリエ、町並みもスザンヌが散歩の途中で見ているアーラウの町。娘が絵から物語を思うに何の障害もありません。それに、こやぎたちを見守る母親のたくましさと温かさ、これは最初のページと最後のページを見るだけで十分。飾り棚に、父親の肖像画がさりげなく置かれているのも、娘への愛のメッセージ、巧まざるユーモアです。絵本全体が、病気のスザンヌに、一人じゃないよ、という思いに満ちています。これが絵本なのです！　サビーネさんの話は私たちの心を熱くしました。

それにしても彼我、何たる違いなのだろうと思いながら日本に帰ってきたら、私の手元に素敵な絵本が二冊届けられていました。神沢利子さんの『くじらのあかちゃんおおきくなあれ』（あべ弘士絵「こどものとも年中向き」二〇〇六年九月号）と、安江リエさんの『つきよのさんぽ』（池谷陽子絵「こどものとも」二〇〇六年一〇月号）です。二冊とも、生きるよろこびがまっすぐに伝わってくる、スイスの三人の画家の絵本同様に、静謐、高雅、清廉という言葉をたしかに感じさせてくれる作品で、何だか私はしきりに、よみがえりという言葉を思い、私たちの国の絵本も子どもたちもまだまだ大丈夫と感じました。

おすすめの材料

『おおかみと七ひきのこやぎ』グリム童話、フェリクス・ホフマン絵、瀬田貞二訳、福音館書店
『ねむりひめ』グリム童話、フェリクス・ホフマン絵、瀬田貞二訳、福音館書店
『長ぐつをはいたねこ』ハンス・フィッシャー文・絵、矢川澄子訳、福音館書店
『こねこのぴっち』ハンス・フィッシャー文・絵、石井桃子訳、岩波書店
『大雪』ゼリーナ・ヘンツ文、アロイス・カリジェ絵、生野幸吉訳、岩波書店

学校で読み聞かせるということ

学校での読み聞かせは簡単ですか

二〇〇一（平成一三）年に読書推進法が施行されてから、随分たくさんの元気なボランティアの方々が小学校で子どもたちに本を読んでやるようになりました。もともと読み聞かせのボランティアは各地にいて、たいがいは、その地方の子どもの本の普及活動に携わっていた方々です。子どもたちに本を読んでやる技術はもとより、わらべうたを歌い、ストーリーテリングもほどよくこなし、中にはその地方の昔話を語れる人もいました。なによりも子どもの本が好きでたまらず、したがって実によく読んでいる方々でした。つまり、本がいかに楽しいものであるかを熟知していて、ご自分が読んできた本の中で、ほんとうに子どもたちに経験してほしい詩や物語や絵を示すことのできる方々でした。

もともとボランティアとは、そういう人々を指していう言葉のはずです。以前うかがった静岡県の富士宮市では、教育委員会から委嘱（いしょく）を受けた六人の市民読書サポーター（ボランティア）

が、見事な子どもの本のリスト『おもしろい本みーつけた』を作り、市民がよく活用していました。この六人は、長い間地道な読書活動をなさってきた方々で、市民からの信頼も厚く、ついには行政を動かすところまでいったわけです。こういう方々は、全国あちこちにたしかにいらっしゃり、教わることも多いのですが、はたして今、小学校に出入りしている多くの方々を同じように読書ボランティアと言えるのかどうか、とても疑問です。子どもの本についての知識をほとんど持たず、子どもたちに本を通して伝えたいものを持っていない人までもが、突然目の前に現れたときの子どもたちの困惑を思うと寒けがします。

ある本を読んでやることによって、子どもたちを一時的に沸（わ）かせることはだれにでもできることかもしれません。ただそれが、子どもたちの成長に少しは関わる経験になりうるかどうか、本を読むよろこびを子どもたちに伝えることができているのかどうか、はなはだ疑問です。なんだか、リズム音痴（おんち）の私が子どもたちに音楽を教えるようなものではないか、とついつい思ってしまうのです。本を、言葉を、物語を、絵を、人間を、あまりに甘く考え過ぎてはいないでしょうか。活動に入る前にしっかりと考えておかなくてはならない問題があるはずです。さすがにそのことに気づいた地域では、公共図書館などを中心に、あわててボランティア養成講座を開き、それなりのカリキュラムも組まれるようになりました。

先生が与える読書のよろこび

とくに小学校では、担任の教師と子どもの読書体験の問題があります。私は行政が、あるいは学校自身が、読み聞かせのボランティアを募る前に、なぜ、担任の教師にもっと本を子どもたちに読んでやろうじゃないか、と言わないのか不思議でなりません。

目の前にいる子どもたちの成長をうながし、読むよろこびが生きるよろこびにつながっていくようなたくさんの本を選び読んでやることは、毎日そばにいる担任の教師こそできるはずのことなのです。少なくとも子どもたちにとっては、ボランティアから読んでもらうよりも、うれしいに決まっています。それができないほど過酷な現場に今の教師たちがおかれているという現実に目をつぶって、人手が足りないなら、詩や物語を読んでやったり、物語につけられた美しい絵を見せてやることなど、ボランティアに任せておけばいいと思っているのでしょうか。まさか、それだけは勘弁してもらいたいと私は思います。それでは学校が、行政が、教育と教師そのものを否定していることになってしまうからです。

私自身は、小学校時代、担任の先生から随分たくさんの本を読んでいただきました。イソップやグリムやアンデルセンはもとより、宮沢賢治、シートン、ファーブル、それに当時刊行されはじめたばかりの岩波少年文庫の「ドリトル先生」やケストナーなどは、担任の先生が読み、あるいは紹介してくださったおかげで夢中になり、今でもまだ読みつづけています。読み返すたびに、私は小学校時代に、何と遠くまで旅をしたのだろうと驚きます。たくさんの物語、とりわけ昔話やファンタジーや動物文学を通して知った人間の心の深さと不思議さ、愛することのよろこびと悲しさ、平和への激しい思い、生きることのおもしろさと熾烈さ……、なんだか私は小学校時代にたしかに心で感じてたどり着いたはずの遙かな場所に向かって、その後ずっと旅をつづけてきたような気がするほどです。

その先生は、戦前「生活綴り方教育」に関わり、治安維持法違反という名目で、他の教師とともに特高に検挙され拷問を受けながらの獄中生活を送りました。そして戦後ようやく教壇に戻り、最初に受け持ったのが私たちのクラスでした。おそらく、作文を書かせることによって、自分が置かれているあまりに貧しい状況を子どもたちに正確に把握させ、それを乗り越える方法を模索させようとしました。それが生活綴り方教育の基本でした。けれども先生は、その前に、人間が作った社会や歴史や芸術について、地球上に共に生きる動物たちについても、まず子どもたちに正確な知識として示し、しかもその知識を生きたものとして経験させること、そのためにはたくさんのすぐれた物語を読んでやることが何にもまして大切だ、と獄中で思われたに相違ありません。無論私たちは、先生の思いなど知るよしもなく、ひたすら先生の読んでくださる物語に心ふるわせながら、耳をすましていただけです。そして私といえば、国語の時間は物語を読んでいただく時間と思い込んでいたようです。これは、特殊な体験をした教師の、特殊な時代の話ではないはずです。

もしそういう場所に、よく知らないおとなのボランティアが代わる代わるやってきて、子どもも受けするという理由だけで選んだ物語を読み始めたら、そして先生が職員室へもぐり込んでしまったらどうなるのか、慄然（りつぜん）とします。身近な親しい先生が懸命に選んだ本を、年間を通して読みつづけてくれるからこそ、子どもたちは、未来につながる読書体験をすることができるのです！

ほんとうのボランティア

いささか苦言を呈しすぎたでしょうか。そう言えば数年前、親しい娘さんの結婚のお祝いにアメリカに行ったおり、彼女のお義母さんが重そうな包みを持って私たち夫婦の前に現れ、「あなた方は子どもの本の関係者と聞いたのでぜひ見て欲しい」と包みを開けました。中に入っていたのは、何と、『若草物語』『秘密の花園』『トム・ソーヤーの冒険』『オズの魔法使い』など布張り表紙の実に美しい初版本でした。

「子どもの頃に両親から読んでもらったものです」とお義母さんは言います。そっと開いてみると、どの本にも終わりの数ページに、子どもたちの下手なサインがたくさん入っていることに気がつきました。せっかくの美しい本がこれでは台無しだと思った矢先、お義母さんは

「私はこれらの本を小学校に持っていき、放課後子どもたちに読んでやっています。一冊三か月くらいかかります。読み終えると、子どもたちは抱いてくれたり、キスをしてくれたりしますが、それでも足りないと思うのか、本にサインをしてくれるんですよ」と少し頰(ほお)を紅潮させながら言いました。ああ、こういう方のことをボランティアと言うのだと、その時思いました。

今私たち市民がしなくてはならないのは、学校図書館に専門の司書をおくように市に働きかけること、待遇面も含め司書たちの働きを行政に認めさせること、先生方が子どもたちに物語を読んでやれるように支え、司書や先生が疲れた時に少し手伝うことではないでしょうか。

おすすめの材料

『おもしろい本み――つけた――絵本と子どもの本リスト（赤ちゃんから小学校低学年向き／小学校高学年から中学生・高校生まで）』富士宮市教育委員会発行

『飛ぶ教室』エーリヒ・ケストナー作、高橋健二訳、岩波書店

『アンデルセンの童話』（1－4）大塚勇三編・訳、イブ・スパング・オルセン画、福音館書店

『セロひきのゴーシュ』宮沢賢治作、茂田井武絵、福音館書店

『子どもに愛されたナチュラリスト　シートン』今泉吉晴、福音館書店

『シートン動物記』（1－9）アーネスト・T・シートン作・画、今泉吉晴訳、福音館書店

読書につきそうおとなの存在

水先案内人のいる旅

子どもと読書をめぐっての私の小さな旅は、山奥に湧き出た泉としての「子守歌」「わらべうた」から始まって、やがて「絵本」「詩」「昔話」という渓流を集め、川幅もだいぶ太くなり、平野に流れ下り、どうやら小学生の読書までやってきました。あとはハックルベリー・フィンにならって、子どもたちはそれぞれの親が組んでくれた筏に乗って、自在に川を下っていけばいい、と言いたくなるところです。けれども、まだ自分で川の旅を楽しむところまではいかず、足を筏から踏み外して溺れてしまう子どもたちも多いので、しばらくは親や担任の先生、司書も、船頭・水先案内人をつとめなくてはなりません。

すでにお話ししましたように、一〇歳までは——それはたいがい、子どもがもう自分で読むからいいと親にいう時期と重なるのですが——身近なおとなに読んでもらうことが読書の基本ということです。理由は二つあります。ひとつは、子どもはいつだって自分が今読める本よりも、もっとおもしろい物語を経験したがっているということ。もうひとつは、物語は子どもが一人で読むには——子どもたちは物語の主人公になりきって、あるいは主人公と共に冒険に乗り出すものですから——危険が多く子どもたちには恐怖で耐えきれない場合が多いのです。乗り込んだ船が難破するかもしれない。竜や巨人やゴブリンが襲ってくるかもしれない。信頼していた友人に裏切られるかもしれない、愛する動物と別れることになるかもしれない。時には、両親との死別すらあるかもしれない……。

　物語は「物を語る」ということです。物とは何か。子どもたちが愛し守り抜いてきた古典の『宝島』『トム・ソーヤーの冒険』『ハイジ』『秘密の花園』『若草物語』『海底二万海里』『西遊記』などをもう一度思い出していただきたいのですが、簡単に言ってしまえば、あることに成功したり、あることが叶(かな)ったり成就したり、あることを達成したりするということです。いずれも、簡単にできることではありません。物にいたるまでの旅は、苦痛がよろこびを凌駕(りょうが)していることの方が多いのです。けれども物語を読むよろこびは、その度に耐え、時には旅そのものを楽しみながら、ついには物にいたるところにあります。そうさせてくれるのが古典の古典たる所以(ゆえん)なのですが！　子どもたちが成長するためにはその経験が必要なのであり、読むよろこびがやがて生きるよろこびとなるためには、まずその経験を必要とするのです。一〇歳までの読書という旅には、水先案内人・付添人が必要なのです！

「子どもと一緒に楽しんじゃえ」

私は「インガルス一家の物語」全五冊を、幼稚園と小学校二年生のわが子に読んでやったお母さんのことを忘れることができません。その家には小学校高学年の子どももいて、お母さんはあまりに忙しく、自分のために本を読む時間がとれません。そこで、それならいっそのこと子どもと一緒に楽しんじゃえ、と図書館から一冊ずつ借りてきては子どもたちに読んでやり、自分も楽しんだのだそうです。アメリカの開拓時代を描いたこの大河物語は、作者ワイルダーの自伝的な要素の強い物語ですが、彼女の姉が少女期に失明し、その姉のために見たものを語り続けてきたことで、見ることと語ることを幼いころに学んだ作者が、文字通り「目に見えるように」風景や人を書き表しています。普通は小学校の中学年以上が読むこの物語も、お母さんの読み聞かせで幼い子どもたちにもしっかり楽しめたようです。

二〇〇二年にNHKの「世界わが心の旅」という番組の取材で、ケストナーを追ってドイツを旅した時、多くの若い親たちに、今あなたの子どもは『ふたりのロッテ』『エーミールと探偵たち』『点子ちゃんとアントン』などを読んでいるかどうかと尋ねてみました。

もちろんですよ、という答えの多かったのには、安心もし、うれしくも思ったのですが、驚いたのは彼らの答え方です。それもほとんどの親たちが同じ答え方をしたのですが、「私の息子は今七歳で、私が読んでやっています」「私の娘は八歳で、夫が読んでやっています」「私の子どもは一〇歳で、妻と私が交互に読んでやっているが、時々は自分で読んでいる」「私の子どもは一一歳で、もう自分で読んでいますよ」という具合です。明らかに一〇歳が大きなターニング・ポイントになっていることがよくわかりました。

読書の親別れの儀式

私自身が息子に最後に本を読んでやったのは、息子が小学校五年生の一学期、もうすぐ一一歳を迎えるという時でした。『ホビットの冒険』です。この物語には父親が子どもに伝えたいことの全てが含まれている、そうでなくとも、「子守歌」や「詩」や神話が昔話が渾然一体となり、文字通り、物語が滔々とした川の流れになっている、これは何としても私が息子に読んでやらなくてはならない物語だ、とそう思いこんでいたからでした。息子が風邪をこじらせて学校を休んだ時に、待ってましたとばかりに読みはじめたのです。ところが息子はたしか三日目、まだ物語の三分の一にも達していないというのに、すまなそうな口調で「明日から、自分で読んでもいいかなあ？」と言ったのです。

父親の、下手なくせに気取った読み方にはもううんざり、という気持ちもあったのでしょうし、こんなにおもしろい物語は、一人でゆっくり、あるいは一気に読まなかったら存分には楽しめない、と思ったのかもしれません。いやいや、自分の人生の物語を自分の力で描きはじめなくてはならない時に、息子がきていたわけだったのでしょう。全く思いがけない形で、息子との読書の子別れ、いや親別れの儀式はきてしまいました。

考えてみれば、私自身も、一〇歳、小学校四年の一二月の末に読書生活での自立を始めたようです。その年、一九五〇年一二月二五日に、岩波少年文庫が創刊され、第一回配本の『寳島』(まだ旧漢字が使われていました)、『あしながおじさん』『クリスマス・キャロル』『小さい牛追い』『ふたりのロッテ』が、近所の本屋さんからわが家にとどけられたのです。注文しておいたのは母で、その母に少年文庫創刊のニュースを教えてくれたのが、担任の先生だったそうです。私はたちまちその五冊に魅せられ捉えられ(今でも捉えられています!)、それまで多くの物語を読んでくれていた母から自立し、主人公たちとともに一人で果敢に(!)人生に挑みはじめたようです。

子どもたちが活字・本離れしていると嘆くおとなは後を絶ちません。新聞には、アンケート調査の結果、小学校低学年では、一か月に読むマンガ以外の本が一冊にも満たない、中学年でも高学年でもほぼ同じ、などという記事が掲載されたりもしています(文部科学省「二〇一九年度子どもの読書活動に関する実態調査結果」)。アンケートに信憑性があるかどうかはともかくとして、もしもアンケートを実施するならば、少なくとも一〇歳以下の子どもたちには、自分で読んだ冊数と書名を聞くのではなく、せめて「今月は両親と担任の先生に何冊、何という本を読んでいただきましたか」というものに変えるべきだと私はいつも思っています。もしも本当に子どもたちが活字・本離れしているならば、その要因と責任の所在は、それで大分はっきりとしてくるはずなのです。確かに、例えばテレビやゲームやインターネットなどが、子どもたちを本・物語から遠ざけている一因であることはわかっているにしても、メディアを乗り越え、本を読む力を子どもたちに与えることができるかどうかは、一〇歳までの子どもたちに、身近なおとなが、どんな物語を、どのくらい読んでやっているか、ということに大いに関係していると思えるからです。

おすすめの材料

『西遊記』（上・下）呉承恩作、君島久子訳、瀬川康男画、福音館書店

「インガルス一家の物語」ローラ・インガルス・ワイルダー作、恩地三保子訳、福音館文庫（1『大きな森の小さな家』、2『大草原の小さな家』、3『プラム・クリークの土手で』、4『シルバー・レイクの岸辺で』、5『農場の少年』）

『小さい牛追い』ハムズン作、石井桃子訳、岩波少年文庫

『クリスマス・キャロル』ディケンズ作、脇明子訳、岩波少年文庫

自らのよろこびのために

達人の読み方

以前、『あのころはフリードリヒがいた』や『ハイジ』などの名訳で知られている上田真而子さんから、お連れ合いの哲学者上田閑照さんが、『クマのプーさん』の一節を読んでくっくっとお笑いになってからお休みになる、という話をうかがったことがあります。たしか『上田閑照集』の刊行を目前にした大変お忙しい時だったと記憶しています。また、同じく哲学者の久野収さんが学生たちに、「頭が疲れたら『ふしぎの国のアリス』を読みなさい」とおっしゃっていたことを、久野さんのゼミナールを受けていた学生から聞きました。

そういえば臨床心理学者で、無類の子どもの本好きの河合隼雄さんは、小樽の絵本・児童文学研究センター主催のセミナーで、センダックの『かいじゅうたちのいるところ』を語り始められたのに、主人公のマックスの名前をお忘れになり、「私も老人力がつきまして」などとおっしゃりがら、話をケストナーの『点子ちゃんとアントン』に変えられたことがありました。

河合さんが小学校三年生の時に、お父さんが、新潮社から刊行された日本少国民文庫の中の「世界名作選1」を買ってきてくださり、隼雄少年はその中の一編、「点子ちゃんとアントン」にたちまち夢中になります。ところが、物語の中で、質(たち)の悪い家庭教師にそそのかされて、親に内緒でマッチを売っていた主人公の点子ちゃんが、それを知った門番の息子に恐喝されたとき、点子ちゃんの友人のアントンがその息子をぶん殴るという章があります。隼雄少年はそこから先を読めなくなってしまったそうです。

どうやら隼雄少年はアントンにすっかりなりきっていて、恐喝されている点子ちゃんを救いたいという気持ちはあるものの、ほんとうの自分は泣き虫で、とても他人を殴る力も勇気もないことに、はたと気がついたらしいのです。幸いなことに、そのページを閉じようとする隼雄少年の目に飛び込んできた言葉があります。アントンの行為は「勇気ではなくて、怒気だったのです」という作者自身の言葉です。

この物語には、章の終わりに「反省」という短い文章がついていて、それが物語の中で絶妙な効果をあげています。私も少年の日にその「反省」を諳(そら)んじるほどくり返し読み、今でもよく覚えていますが、その章の終わりにも「反省」が記されていたのです。隼雄少年が作者の言葉で気を取り直し、勇気凛々(りんりん)、物語に戻った様子は目に見えるようです。一人の少年が物語を読むということがどういうことなのか、どうしたら無類の子どもの本好きのおとなが誕生するのか、河合さんの話はそれをとても鮮やかに示していて、なんだかお話をうかがっていてすっかりうれしくなってしまいました。けれども、私を驚かせよろこばせた本当の理由は他にありました。

それは、河合さんが、その卑劣な門番の息子のことを、メモなしで、滑らかに、何のためらいもなく、ゴットフリート・クレッペルバインとおっしゃったのです。『点子ちゃんとアントン』を好きな人は沢山いますが、門番の息子の名前まで覚えていて、それをさっと口に出せる人は少ないのです。おとなになり学者になり、いくら『かいじゅうたちのいるところ』に深く共鳴共感しても、マックスの名前は度忘れすることがあります。しかし、子どもの頃にすっかりアントンになりきって主人公と共に対峙(たいじ)した、門番の息子の名前は忘れるはずもなかったのです！　当然のことながら、河合さんの名著『昔話の深層』や『昔話と日本人の心』などは、少年時代に夢中になって聞いたり、読んだりした昔話の深い体験があって初めて誕生したものです。

この三人の方々の子どもの本の読み方は、達人と言うにふさわしく、時代劇ならばさしずめ、平身低頭し「感服仕(つかまつ)りました」と申し上げたくなるところです。みなさん、だれかのために子どもの本を読んでいるわけではありません。ひたすら自分のために、自分をとりもどすために、自分でありつづけるために、ひと言で言ってしまえば、自分のよろこび楽しみのために読んでいる、それだけのことです。そこには何の曇りもありません。トールキンの言葉を借りれば、子どもの本を読むことによって、自分を、十重二十重に縛っているものから「逃避させ、慰め、回復をはかっている」（『妖精物語について』）ということになるのです。

おとなになって読み返すよろこび

二〇〇五年の夏イギリスに行ったおりに、『トムは真夜中の庭で』や『まぼろしの小さい犬』などで、私たちの国にも多くの読者を持つフィリッパ・ピアスさんとケンブリッジのホテルでお目にかかり、楽しいひと時を過ごしました。彼女は『たのしい川べ』を八歳の時に初めて母に読んでもらい、以来ずっと愛しつづけていると熱く語っていました。私の場合は一〇歳の時に母が買ってくれ、自分で読み（当時は英宝社刊）、以後いく度読んだかわからないほどで、私にとっては最も大切な物語のひとつですよ、とお伝えすると、ピアスさんはうれしそうに頷き、「でもあの物語には二か所、どうしても認めがたいところがある。『あかつきのパン笛』の章と、旅ネズミの長い語りの部分。あれは、作者が、自分のことを露に語りすぎている。あなたはどう思いますか」と聞かれました。

「実は私は子どもの頃、その二か所は飛ばし読みをしたが、今はとても好きな部分だ。グレーアムがあの章を書かずにはいられなかった気持ちはよくわかる気がする」と答えました。

ピアスさんは「それはわかるけれども、作者はああいう生の形で自分を表現してはいけない」とくり返し、おかげで私は帰国後またまた『たのしい川べ』を読むことになってしまいました。

その二か所については、私はピアスさんと意見を異にするなと思いましたが、それよりも、それまでそれほど魅力を感じなかったヒキガエルに、すっかり魅せられて、彼と意気投合してしまっている自分に気づき仰天しました。子どものころからいく度も読んだ『たのしい川べ』が、いつも異なる表情、「あかつきのパン笛」の中の表現を借りれば「こんなに変わっても、わかってくれるかしら」という表情で私を迎えてくれることに、あらためて深い感動をおぼえました。

私の愛しつづける本

「三代つづいたものでないと子どもの本とは言えない」ということわざをご紹介しましたが、三人の達人の子どもの本の読み方と、私のささやかな経験を重ね合わせると、どうやら幼・少年期、青春期、そして壮年・老年期、つまり自らの三つのライフステージにわたって存分に楽しむことのできる本、それこそが、「読むよろこびが生きるよろこびにつながる本」であり、子どもの本と呼ぶに値する本と言っても差し支えないように思います。

今までご紹介してきた数々の、絵本、昔話、古典的な物語、そのどれもが、私自身がずっと楽しんできたもの、あるいは、子どもの頃に触れていたら、やはり生涯にわたって楽しんだに違いないと確信の持てるものばかりです。つまり、これが私の愛しつづけている本だと、なんの躊躇(ちゅうちょ)もなく言える本です。それらの本が、はたしてほんとうに子どもたちを本好きにしてくれるかどうか、それはわかりません。けれども、未来に向かって成長をしつづけている子どもたちに対して、他に一体どんな本を、私に、薦められるというのでしょうか。

おすすめの材料

『クマのプーさん』A・A・ミルン作、石井桃子訳、岩波少年文庫
『ふしぎの国のアリス』ルイス・キャロル作、生野幸吉訳、ジョン・テニエル画、福音館書店
『昔話の深層』河合隼雄、福音館書店
『昔話と日本人の心』河合隼雄、岩波現代文庫
『妖精物語について――ファンタジーの世界』J・R・R・トールキン作、猪熊葉子訳、評論社
『たのしい川べ』ケネス・グレーアム作、石井桃子訳、岩波少年文庫
『ムーミン谷の冬』トーベ・ヤンソン作、山室静訳、講談社

『わたしたちの島で』アストリッド・リンドグレーン作、尾崎義訳、岩波書店
『ホメーロスのオデュッセイア物語』バーバラ・レオニ・ピカード作、高杉一郎訳、岩波少年文庫
『影との戦い——ゲド戦記1』アーシュラ・K・ル＝グウィン作、清水真砂子訳、岩波少年文庫
『ともしびをかかげて』ローズマリ・サトクリフ作、猪熊葉子訳、岩波少年文庫
『太陽の戦士』ローズマリ・サトクリフ作、猪熊葉子訳、岩波少年文庫

おとなの小学校卒業証書

最後に、保護者の皆さまへ――。

小学校の先生方の研修会にうかがった時に、会場になった小学校の五、六年生へ向けて、昔話や詩の楽しさについて語らせていただくことがあります。そんな折に、私が小学生たちに直接勧めている本を紹介します。勧めているどころか、「卒業までに全部読まなかったら卒業させないぞ」と、脅しをかけながら配っているリストです。毎年全国の一〇〇名を超す子どもたちから「全部読んだよ！」といううれしい便りが届きます。その中に、もし保護者の皆さまが、読みたいと思いながらも、まだ読んでいらっしゃらないものがあったら、どれからでもいいですから、ぜひ読み始めてください。世界中の子どもとおとなが選び抜いてきた傑作中の傑作のみです。

まずは、保護者の皆さまご自身が、物語を楽しんでください！

優れた子どもの本が、人間の心の深層への、子どもの心への、絶好の入門書であると、すぐにおわかりになるはずです。しかも、これらの物語に子どもたちが、やがてやすやすと入って

いけるように心の準備をしているのが、実は、皆さまが毎日子どもたちに読んでくださってい
る昔話や絵本なのだということを、くれぐれもお忘れなく。
どうぞ、子どもたちと楽しい本の時間をお過ごしください！

おすすめの材料

『グリム童話集』（上・中・下）グリム兄弟編、相良守峯訳、茂田井武画、岩波書店
『イギリスとアイルランドの昔話』石井桃子編・訳、ジョン・D・バトン画、福音館文庫
『ロシアの昔話』内田莉莎子編・訳、タチヤーナ・A・マブリナ画、福音館文庫
『日本の昔話』（1－5）小澤俊夫再話、赤羽末吉画、福音館書店
『注文の多い料理店・イーハトーヴ童話集』宮沢賢治、岩波少年文庫
『エーミールと探偵たち』エーリヒ・ケストナー作、岩波少年文庫
『ふたりのロッテ』エーリヒ・ケストナー作、岩波少年文庫
『点子ちゃんとアントン』エーリヒ・ケストナー作、岩波少年文庫
『長くつ下のピッピ』アストリッド・リンドグレーン作、大塚勇三訳、岩波少年文庫
「やかまし村の子どもたち」シリーズ（全三巻）アストリッド・リンドグレーン作、大塚勇三訳、
岩波少年文庫

『大きな森の小さな家』ローラ・インガルス・ワイルダー作、恩地三保子訳、福音館文庫
『ドリトル先生アフリカゆき』ヒュー・ロフティング作、井伏鱒二訳、岩波少年文庫
『ライオンと魔女　ナルニア国ものがたり1』C・S・ルイス作、瀬田貞二訳、岩波少年文庫
『宝島』ロバート・L・スティーブンソン作、坂井晴彦訳、福音館文庫
『トム・ソーヤーの冒険』マーク・トウェイン作、大塚勇三訳、福音館文庫
『海底二万海里』ジュール・ベルヌ作、清水正和訳、福音館文庫
『ハイジ』ヨハンナ・シュピーリ作、矢川澄子訳、福音館文庫
『若草物語』ルイザ・メイ・オールコット作、矢川澄子訳、福音館文庫
『秘密の花園』フランシス・H・バーネット作、猪熊葉子訳、福音館文庫
『トムは真夜中の庭で』フィリパ・ピアス作、高杉一郎訳、岩波少年文庫
『ホビットの冒険』J・R・R・トールキン作、瀬田貞二訳、岩波書店
『西遊記』（上・中・下）呉承恩作、君島久子訳、瀬川康男画、福音館文庫

卒 業 証 書

○○△　△□□　殿

あなたは下に記した物語を読了したので、ここに、心豊かな
美しい人として、小学校を卒業することを認めます。

(1)『グリム童話集』全３巻（岩波書店）
(2)『イギリスとアイルランドの昔話』（福音館文庫）
(3)『ロシアの昔話』（福音館文庫）
(4)『日本の昔話』（福音館文庫）全５巻のうちのせめて２巻
(5)『注文の多い料理店』（岩波少年文庫）
(6)『エーミールと探偵たち』か『ふたりのロッテ』か
『点子ちゃんとアントン』（いずれも岩波少年文庫）
(7)『長くつしたのピッピ』か「やかまし村の子どもたち」シリーズ
（岩波少年文庫）か『ニルスのふしぎな旅』（福音館書店）
(8)『大きな森の小さな家』（福音館文庫）
(9)『ドリトル先生アフリカゆき』（岩波少年文庫）
(10)『ライオンと魔女』（岩波少年文庫）
(11)『宝島』か『トム・ソーヤーの冒険』か『海底二万海里』
（いずれも福音館文庫）
(12)『ハイジ』か『若草物語』か『秘密の花園』（いずれも福音館文庫）
(13)『トムは真夜中の庭で』（岩波少年文庫）
(14)『ホビットの冒険』（岩波少年文庫）
(15)『西遊記』（福音館文庫）

年　　月　　日

齋 藤 惇 夫

あとがき

第Ⅰ章の冒頭で書きましたように、私は喜寿を迎える直前に、さいたま市にある日本聖公会浦和諸聖徒教会を母体とした麗和幼稚園に園長として勤めることになりました。子どもの本の作家であり、編集者でもあった私にとっては、文字通り青天の霹靂(へきれき)でした。幼稚園経営は無論のこと、幼児教育の知識も皆無。おまけに、子どもたちと一緒に園庭をかけ回ると足がもつれ、机や平均台を運ぶと腰が痛みます。次の園長へのつなぎ役と心得、いつでも身を引こうと構えていたのですが、そこに突如襲ってきたのが新型コロナウイルスでした。子どもたちを感染から守りながら、しかも彼らに、なんとか例年と同じ密度の濃い、「遊び」と「絵本」と「祈り」を日常の園生活の中で経験させようと、必死に踏ん張る保育者たちの姿を見ていると、とても辞めるなどと口に出せなくなってしまい、五年目を迎えることになりました。

子どもたちは、毎日、遊びを通して、また絵本を読んでもらったり、虫や花々に触れながら、この世の時間と空間を超えた昔話や神話の世界を見せてくれます。保護者の方々は、園児の登園時、降園時、つかの間の我が子との別れと再会の時に、私自身の母親と祖母を思い出させてくれます。昔話や神話の語り手としての、あるいは体現者としての母と祖母です。そして『秘密の花園』のコマドリのように、すべての子どもたちが持っていて、しかし、それぞれが異なる宇宙への入り口の鍵を、丹念に、懸命に探しだし、それを子どもたちに手渡そうとしている保育者たち！

＊　＊

本書のⅠ章は、私が幼稚園の園長に就任した翌年の、二〇一八年四月から、カトリックの雑誌『こじか』（オリエンス宗教研究所発行）に一年間連載した「子どもたちの息吹に触れながら」に、書き下ろしの三編を付け加えたものです。幼稚園で子どもたちに語ったことや、「園だより」などで保護者に向けて書いたもの、語ったものも少し含めました。

Ⅱ章「日々の祈り」は、幼稚園での生活の中から生まれ、祈りの時間に子どもたちに読んだものです。最後の一編「おいで子どもたち」は、洗礼を受け、初めて教会で司祭からパンと葡萄酒をいただく儀式、陪餐（ばいさん）にあずかる子どもたちのために書きました。これは、教会の子どもたちの写真と合わせた絵本として、二〇一六年に日本聖公会から出版されています。

Ⅲ章は、二〇一〇年の読売新聞連載「愛書探訪」を中心に、新聞や月刊誌などに書いた書評や紹介、また本に収録された解説として記したものの中から、いくつか載せました。

Ⅳ章「子どもたちを本の世界に導くために」は、子育て中のお母さんに向けて二〇〇七年四月から二〇一〇年三月までの三年間、福音館書店の月刊誌「母の友」に「読む歓びは生きる歓び――子どもを本好きにするために」と題して連載した文章のうち、最初の一年分をまとめたものです。

こうして見ますと、Ⅰ章、Ⅱ章は、幼稚園児が改めて具体的に私に示してくれた、彼らの心の中にある宇宙の一部ですし、Ⅲ章は、私が園児に触れる前に、前もって子どもたちの世界を示してくれていた優れた物語や評論でした。Ⅲ章は、子どもたちの心の中を私自身が今一度たどるための、予行演習だったのかもしれません。この章最後の「苦い自画像」は、吉田新一先生との旅のあと、仲間とともに作った文集『ポタリング』（Our Pottering. ビアトリクス・ポターについて書かれた文章をそう言うのだそうです）に載せたものです。四〇代の終わりです。あれからいく度か物語の舞台を歩き、今では、「自らのよろこびのために」（257－258頁）で書きましたように、一〇歳の時と同じように、あるいはその時よりも深く、楽しみながら『たのしい川べ』を読めるようになっています。Ⅳ章は、「子どもたちを本好きにするレシピ」としてスタートしましたが、連載しているうちに、レシピを書くことの傲岸（ごうがん）さ、愚かさに気づき、率直に自分の思いや考えを述べることになってしまいました。

四年間園長をしていたおかげで、はっきりわかったことがあります。子どもたちの中にいると、私も幼年時代、彼らと同じように、園庭に川を掘り、泥団子をにぎり、ぶったりぶたれたり、けったりけられたり、泣かされたり泣かしたり、ともかく泥だらけになりながら、ひたすら、精一杯遊んでいたにちがいないということです。子どもたちに導かれるように、自分の幼年時代が甦(よみがえ)ってきて、人生の根元のところに、自信と誇りとよろこびを持てるようになってきたのです。

＊　＊

私は青春時代から、ライナー・マリア・リルケの詩の一節「おお、主よ、おのおのに　おのおのの死をあらしめたまえ」(O Herr, gieb jedem seinen eigenen Tod) を、日々の祈りのように、くり返し唱えてきたのですが、幼い子どもたちがまちがいなく「おのおのの死（生）を持っている」ことを、子どもたちはいつも確認させてくれます。これ以上のよろこびが他にあるでしょうか！

八〇歳の誕生日に、年長組の男の子が「園長、まだ大きくなるの？」と問いかけてきました。「うん、あの雲よりももっと大きくね！」と答えましたが、ひそかに、ほんとうに大きくなれるかもしれないと思っています。

どうやら喜寿や傘寿は、人生の黄金の時のようなのです。幼稚園では、子どもたちが引き起こす不思議な出来事や、事件の起きない日とてなく、あたふたとその対応に追われながら、あるいは子どもたちに問われた言葉にうろたえながら、しかし、その時を心底楽しんでいます。そして、その楽しみを支えているのが、折に触れ、自らが幼いころから読み続けてきた物語を読み返すことにあることも確信しています。

物語を読むよろこびは、状況や時代はもとより、年齢を超え、間違いなく〈いつもここにあるよろこび、楽しみ〉なのだと改めて思うのです。本書「はじめに」で紹介した三人の方々の言葉を借りて言えば、「おとなの父〔＝子ども〕に向けて書かれた本」とは、「おとなの自分を支える本」です。こうした「子どもの宇宙を描いている本」が、よろこびや楽しみに満ちていないはずはないのです。新型コロナウイルスのおかげで、心休まることのない日々を送っていらっしゃる方々が多い中、本書が、皆さまと物語との再会の時、新たな物語との出会いの時になればと、秘かに願っています。

＊　＊

カトリックの雑誌「こじか」に幼稚園での経験を書くようにすすめてくれたのも、これまで子どもの本について書いてきた文章と一緒にして一冊の本にしましょうと言ってくれたのも、教文館出版部の編集者倉澤智子さんでした。彼女のすすめがなかったならば、本書の誕生はありませんでした。また、いろいろな文章を書かせてくださった各出版社・新聞社の編集者たち。本書を美しい絵で飾ってくださった出久根育さん。そして、麗和幼稚園の子どもたちと保護者の皆さまと、先生方。皆さんに心からお礼を申し上げます。ありがとうございました。

二〇二一年　夏

斎藤惇夫

	同 2006 年 7 月号
「がらがらどん」を生んだ北欧の絵本	同 2006 年 8 月号
昔話に生きる生涯の友	同 2006 年 9 月号
原風景へと誘う昔話の挿絵	同 2006 年 10 月号
スイスで出合った絵本の本質	同 2006 年 12 月号
学校で読み聞かせるということ	同 2007 年 1 月号
読書につきそうおとなの存在	同 2007 年 2 月号
自らのよろこびのために	同 2007 年 3 月号
おとなの小学校卒業証書	講演会配布資料

Ⅲ　愛書探訪

生きる指針となった物語	ドラ・ド・ヨング『あらしのあと』吉野源三郎訳、岩波少年文庫、2008年
ハトは「外」に飛び出した	読売新聞連載「愛書探訪」2009年4月25日
懐かしい母親の声のよう	同2009年5月30日
日常生活にも物語がある	同2009年6月27日
「プリマドンナ」の姿を識別	同2009年7月25日
新たな世界に驚きとよろこび	同2009年8月25日
面白さそのものを手渡し	同2009年9月26日
子ども心の「遊び場」紹介	同2009年10月31日
魔法に満ちた「時」への旅	同2009年11月28日
「一度だけ」の美しい作品	同2009年12月26日
自然の中で遊ぶ大切さ	同2009年1月30日
森と仲間の世界に浸る	同2009年2月27日
同じ空間で楽しむ詩遊び	同2009年3月27日
幼児の内面への道	「子どもの館」福音館書店、1982年8月号
生きとし生けるものの共感の世界	「母の友」福音館書店、1975年1月号
瀬田貞二さんの昔話に対する思い	瀬田貞二『さてさて、きょうのおはなしは……』福音館書店、2017年
非常用の錨	リリアン・H.スミス『児童文学論』石井桃子ほか訳、岩波現代文庫、2016年
豊饒な絵本の森への心おどる案内書	吉田新一『アメリカの絵本――黄金期を築いた作家たち』朝倉書店、2016年
苦い自画像	文集「ポタリング」1991年

Ⅳ　子どもを本の世界に導くために

絵本と子どもの深いつながり（旧題「私の出会った子どもたち」）
「母の友」福音館書店、2006年4月号

太初に「子守歌」と「わらべうた」ありき	同2006年5月号
心おどる、絵本の世界へ	同2006年6月号

小学生にたくさんの詩を！（旧題「茨木のり子さんと詩とことば」）

初出一覧

本書収録にあたり、各文章を加筆・修正・再構成しています。

Ⅰ　子どもたちの息吹に触れながら

ある日突然、園長に	週刊「こじか」オリエンス宗教研究所、2018年4月15日号
「見ないで！」	同2018年5月13日号
K君にしてやられたこと	同2018年6月10日号
遊びと絵本と祈りの園	保護者への配布物
R君と『ひとまねこざる』	週刊「こじか」2018年7月8日号
けんか	同2018年9月9日号
夏休みには沢山の「行って帰る」物語を!!	保護者への配布物
園児と虫たち	週刊「こじか」2018年10月14日号
子どもと自然	同2018年11月11日号
木曜日は煉獄の日	同2018年12月9日号
ポターと純子ちゃん	朝のお祈り、2018年10月16日
子どもの前での大失態	週刊「こじか」2019年1月13日号
クリスマス会で保護者に賢治を読む	同2018年2月10日号
冬休みにはぜひ昔話を!!（旧題「夏休みにはぜひ昔話を!!」）	保護者への配布物
二人の淑女	書き下ろし
Kちゃんのひと言	書き下ろし
一回きりの真剣勝負（旧題「朝の祈り」）	週刊「こじか」2019年3月10日号
コロナ禍の中で	書き下ろし

Ⅱ　今日の祈り

どうしてみんなはあんなに	新年礼拝、2018年1月12日
みんなが園へくる前に	2018年2月13日
子ウサギから教えてもらったこと	2018年6月20日
神さまからのプレゼント	2019年2月12日
おいで子どもたち	斎藤惇夫文、田中雅之写真『おいで子どもたち』日本聖公会、2016年

《著者紹介》
斎藤惇夫（さいとう・あつお）

1940年新潟市生まれ。小学1年より高校卒業まで長岡ですごす。立教大学法学部卒業。福音館書店の編集者として子どもの本の編集に長く携わったのち、2000年より作家活動に専念。2007年より河合隼雄氏を継いで「児童文学ファンタジー大賞」選考委員長を務める。2017年より日本聖公会浦和諸聖徒教会を母体とする麗和幼稚園園長。ライフワークとして、講演や著作を通して、子どもの本のあゆみを伝え、子どもたちに本を読んでやることの大切さ、選書の大切さを訴える活動を続けている。
著作　『グリックの冒険』『冒険者たち——ガンバと15ひきの仲間』『ガンバとカワウソの冒険』『哲夫の春休み』（すべて岩波書店）、『河童のユウタの冒険』（福音館書店）、講演録『わたしはなぜファンタジーに向かうのか』（教文館）ほか。

子ども、本、祈り

2021年 9月30日　初版発行
2022年 5月30日　3版発行

著　者　斎藤惇夫
発行者　渡部　満
発行所　株式会社　教文館
〒104-0061 東京都中央区銀座4-5-1
電話 03(3561)5549　FAX 03(3250)5107
URL　http://www.kyobunkwan.co.jp/publishing/

印刷所　モリモト印刷株式会社
配給元　日キ販　〒162-0814 東京都新宿区新小川町9-1
電話 03(3260)5670　FAX 03(3260)5637

ISBN　978-4-7642-6155-6　Printed in Japan